이준기와 함께하는
안녕하세요 한국어

跟李準基一起學習 "你好！韓國語"

1

| 說明 |

* 本文中的符號N代表名詞，A代表形容詞，V代表動詞。
* 有些課文後面附有「Special」，其表示「進一步學習」或「補充」。
* 本書中的主角李準基是由電影明星李準基本人親自錄音。
* 韓語發音規則在「準備運動」部分有集中說明，但為了便於反覆練習，在本文的「單詞與表達」部分也有
  加以說明。
* 每課的語法活用練習、會話練習、聽力練習的標準答案在附錄部分。
* 韓語國際音標的標記乃參照「KBS標準發音大辭典」而製定。
  韓語部分單詞的國際音標與實際發音稍有出入，請參考CD並掌握好正確的發音。

跟李準基一起學習
"你好！韓國語" ①

안녕하세요
한국어 1

朴智英 劉素瑛 編

저자의 말 序言

　　本書從策劃到完成足足用了三年的時間，現在終於得以編輯出版。編寫用了一年半，編輯竟也花了一年半的時間。因為編寫之前已經收集了充分的資料，所以原以為成書會很快。但是真正開始編寫時，如何才能使外國學習者更容易消化、吸收，如何才能輕鬆愉快地學習韓語等一系列的問題卻讓我陷入了無盡的苦悶中。

　　為此，我將書中部分有的內容拿到課堂上測試其實際效果，對學生們反應較差的內容又進行了反覆修改後終於得以完成。最後又經過後期編輯，使原稿內容整理得更加準確、易懂。本書除了添加各種實例圖文外，還把韓流明星李準基的原聲收錄其中。

　　在如此嚴密策劃完成下的《你好！韓國語》保證能讓學習者即使只學習初級課程，也能與韓國人對話，從而適應韓國生活。因此，我們將這本書定位為「現學現賣的生活韓國語」。

　　此外，這本書還多次強調韓語發音規則，讓學習者從一開始學習韓語就能夠掌握正確的發音。學習外語的人大多比較重視語義表達，之後才對發音的矯正。但是發音一旦形成，就難以矯正，所以從一開始養成正確的發音習慣是非常重要的。因為要學好外語，正確的發音和表達得體的內容是同樣重要的。

　　最後，非常感謝演員李準基共同參與製作「簡單而有趣味的韓語基礎書」，並且感謝他在這本書的策劃和錄音過程中的全力參與。李準基先生不僅韓國語發音準確，本人更是一位倍受各國韓語學習者喜愛的韓流巨星。最近學習韓語的人日益增多，現在就請大家和「王的男人」李準基一同開始輕鬆愉快地學習韓語吧！

2010年 5月
作者　朴智英　劉素瑛

이준기의 말 李準基的表白

《你好！韓國語》終於出版了。起初接到出版社共同完成這本書的邀請時，覺得這是件非常有意義的事，所以立即答應了。但是這本書的製作真的非常不容易，現在它的問世讓我既興奮又難以置信。

每當我到國外參加粉絲見面會或首映式，遇到喜歡我的影迷們用韓語與我進行交流時，我都會被深深地感動。希望有更多的影迷與我用韓語進行交流——這就是我決定參與這本書製作的目的——希望這能作為小小的禮物答謝他們。

在錄製《你好！韓國語》的前一晚，我興奮得難以入眠。錄音當天和我的工作夥伴們一起拿著反覆練習過的台詞進行錄音。在錄音過程中，我再一次深深體會到作為韓國人，韓語的正確發音是多麼重要。此次的錄音製作對於一名演員——每天都需要大量練台詞的我，也是一個難以忘懷的寶貴經驗。

在製作本書的「李準基眼裡的首爾」單元中，我也藉機參觀首爾的各個角落。身為一名演員，之前因日程繁忙，很多景點只能匆匆掠過，但利用這次機會，我確實再次深深體會到了首爾獨具特色的迷人魅力。各位讀者從今天起，也和我一起到處逛逛這美麗的首爾吧！

本書不是明星李準基的個人畫報，而是兩位著名的韓國語教授長久以來心血的結晶，是一本「韓國語基礎書」。因此即使在本書中無法接觸很多的李準基，大家也不要失望。

但是這本內容充實的書一定會充分報答大家對韓語的關心和熱情。讓我們和《你好！韓國語》一起沉浸在學習韓語的快樂中吧！這樣，以後再見面時，我們就可以用韓語交談了！

祝大家健康幸福！

謝謝！

2010年 5月

李準基

이 책의 구성 本書結構

❶ 準備活動（字母部分）：這個部分是學習韓語元音和
輔音的部分。大家要認真掌握好韓語字母的正確發音
和書寫方法。在學習課文時，如果有不清楚的文字可
以隨時查看，是一個既方便又實用的表。

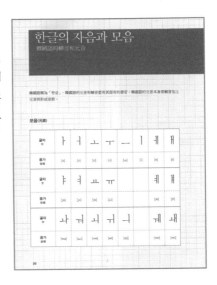

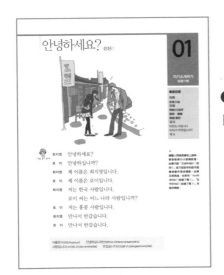

❷ 對話部分：這個部分是以語法為中心而設計的實用
日常會話。可隨CD跟讀，增強說韓語的自信心。

❸ 單詞及表達：這部分主要是整理課文單詞。整理單
詞時把相關聯的單詞一同整理，以便更有效的掌握單
詞。另外，為了解決一些外國人較難發的音，還附加
了發音方法和規則。不僅有助於掌握單詞，還可學習
正確的發音方法。

❹ 語法：這部分整理了重要的韓語基本語法。尤其是針對外國人較難懂的活用句型進行了簡單易懂的說明，並且還附加了活用練習表。這裡的活用練習表可以在練好發音後，幫助你說出流暢的對話。記得填寫完後，要不斷地反覆練習喔！

❺ 會話練習：這部分是利用單詞和語法進行會話練習。可根據圖片中的情景來進行會話。

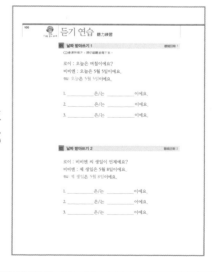

❻ 聽力練習：這部分可以通過聆聽CD來確認成果，並且確認有無錯誤的發音。先聽CD做填空練習，做錯的部分再反覆朗讀，你的韓語能力就會突飛猛進。

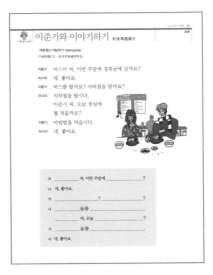

❼ **跟李準基聊天**：綜合並運用課本所學，結合實際生活中的各種情景進行會話練習。聆聽著CD，跟著學習，感覺就像和韓國明星李準基進行對話。這樣的學習方法真是別有一番情趣。

❽ **Special**：這部分藉由圖卡為學習者整理一些需要掌握的表達方式和重點。各個章節學習的內容可以通過漂亮的圖片和表格來進行比較學習，這樣的韓語學習也會更加輕鬆。

이 책의 장점 本書優點

1. 最適合自學的教材

你是否期待有一本不需要老師就能自學的韓國語教材呢？為了讓你無論在何時何地都可以輕鬆地學習韓語，我們用簡單易懂的方法來對韓國的基礎、最常用的表達及較難的語法和發音進行說明。

2. 最適合外國人學習的內容體系

韓語怎樣學更容易呢？本書的整個內容結構是針對如何讓外國人輕鬆學韓語而設計。利用這輕鬆易學習的體系和活用圖表，讓學習者從簡單到高級的表達方式一勞永逸。

3. 學習韓國人最常用的語法和實際生活用語

雖然我很努力學習，但都是些不實用的詞語，說出來實在太尷尬了！第一冊雖是初級課程裡的簡單用語，但都是韓國最常用的表達方式。加上實際的韓國情景，一學即會的韓國生活用語。

4. 和韓流明星李準基對話，學韓國語更有動力

如果聽著自己喜歡明星的聲音學習韓語，那一定更加有趣。讓我們一邊跟發音標準的「王的男人」李準基對話，一邊愉快地學習韓語吧！

5. 發行多國語言版本，提供更多國家學習者的便利

《你好！韓國語》除了韓文版以外，另有中文版、日文版和英文版。大家可以根據自己的需要來選擇。（台灣為繁體字版）

6. 利用各種漂亮的圖卡和活用表幫助讀者更系統有效地學習韓語

學習外語時，很多人過於重視句型和語法，但是把相關聯性的詞語或相反詞等的表達進行有系統的整理對學習也是非常重要的。這本書即是通過活用圖卡和活用表，在整體上幫助學習。

등장인물 登場人物

최지영　이준기　리리　왕샤워　비비엔　퍼디

1 崔志英
韓國
21歲
大學生

2 李準基
韓國
28歲
電影演員

3 麗麗
中國
24歲
報社記者

4 王夏宇
中國
24歲
警察

5 維維安
德國
20歲
韓國大學
交換學生

6 玻蒂
菲律賓
23歲
大學生

스테파니

로베르토

다이애나

로이

마스미

벤슨

7 史蒂芬妮

澳洲

23歲

公司職員

8 羅貝托

西班牙

30歲

研究員

9 戴安娜

科特迪瓦

19歲

大學生

10 路易

香港

27歲

醫生

11 真澄

日本

30歲

廚師

12 貝森

肯亞

25歲

足球運動員

Contents

목차 目錄

학습 구성표 學習內容結構表

	題目	功能	語法
	준비 운동 準備活動	한글의 자음과 모음 韓國語的輔音和元音 한글의 발음 규칙 韓國語的發音規則	
1과	안녕하세요? 你好！	자기소개 하기 自我介紹	·N은/는 N입니다 ·N이/가 무엇입니까? ·제 N
2과	이것은 무엇입니까? 這是什麼？	사물 묻고 답하기 對事物的問答	·지시 대명사 　(이것/그것/저것/무엇) ·N은/는 N입니까? ·네, N입니다 ·아니요, N이/가 아닙니다
3과	이 라면은 한 개에 얼마예요? 泡麵一包多少錢？	물건 사기 購物	·이/그/저 N ·N예요/이에요 ·N이/가 아니에요 ·N하고 N ·N에
4과	오늘은 며칠이에요? 今天是幾號？	날짜와 요일 말하기 日期和星期的表達	·N은/는 며칠이에요? ·N이/가 언제예요? ·N은/는 무슨 N예요/이에요?
5과	지금 몇 시예요? 現在幾點了？	시간 묻고 답하기 對時間的問答	·시간 읽기 ·N부터 N까지
6과	우리 집은 신촌에 있어요 我家在新村	위치 말하기 說明位置	·여기/거기/저기/어디 ·N이/가 어디에 있어요? ·N은/는 N에 있어요
7과	저는 오늘 영화를 봅니다 我今天去看電影	일정 묻고 답하기 對日程的問答	·N을/를 V-ㅂ습니까? ·N을/를 V-ㅂ습니다 ·N을/를 V-지 않습니다 ·N에(시간의 '에') ·N도

單詞及表達	發音規則	SPECIAL
인사 問候/打招呼 나라 國家 직업 職業 취미 興趣/愛好	비음화 鼻音化	인사하기 問候
생활필수품 生活用品 음식 이름 菜名	연음 법칙 連音法則	지시 대명사 (이~/그~/저~/어느~) 指示代詞 (這~/那~/那~/哪個)
단위 單位 숫자 數字 식품 食品 생활필수품 生活用品	경음화 緊音化	돈 錢
날짜 天氣 요일 星期	연음 법칙 連音法則	달력·요일 읽기 月曆、星期的讀法
시간 時間 공공 기관 公家機關 장소 場所	경음화 緊音化	
위치 位置 장소 場所		
동사 1, 2, 3-기본 동사 動詞 1，2，3-基本動詞	비음화 鼻音化	

單詞及表達	發音規則	SPECIAL
동사 4-오고 가는 것 動詞 4-往來 동사 5-물건 사기 動詞 5-購物	연음 법칙 連音法則	동사 카드 動詞圖片
동사 6-날씨　動詞 6-天氣 형용사-날씨　形容詞-天氣 기본 형용사　其他形容詞	격음화 送氣音化	형용사 카드 形容詞圖片
서울 근교의 유명한 장소 首爾附近的著名場所 동사 7-놀이 動詞 7-遊戲	구개음화 齶化 경음화 緊音化	동사·형용사 활용표 動詞、形容詞的活用
동사 8-일상생활 動詞 8-日常生活	격음화 送氣音化	'으'불규칙 「으」不規則變化（特殊變化） 'ㄷ'불규칙 「ㄷ」的不規則音變
음식　飯菜　여행지　觀光地 동사 9-취미　動詞 9-興趣	'의'의 발음 「의」的發音	취미 카드 興趣圖片
동사 10-약속 動詞 10-約會	'ㅎ'탈락 「ㅎ」脫落	조사 助詞
동사 11-진행, 습관 動詞 11-現在進行式、習慣	연음 법칙 連音法則	장소 카드 場所圖片
교통수단　交通方式 교통표지　交通標誌		금지와 명령의 표현 禁止與命令的表達

準備活動
韓國語的輔音和元音
韓國語的發音規則

준비 운동

한글의 자음과 모음
한글의 발음 규칙

한글의 자음과 모음
韓國語的輔音和元音

韓國語稱為「한글」，韓國語的元音和輔音都有其固有的發音。韓國語的元音本身或輔音加上元音則形成音節。

모음(元音)

글자 字	ㅏ	ㅓ	ㅗ	ㅜ	ㅡ	ㅣ	ㅔ	ㅐ
음가 音標	[a]	[ʌ]	[o]	[u]	[ɯ]	[i]	[e]	[ɛ]
글자 字	ㅑ	ㅕ	ㅛ	ㅠ			ㅖ	ㅒ
음가 音標	[ja]	[jʌ]	[jo]	[ju]			[je]	[jɛ]
글자 字	ㅘ	ㅝ	ㅚ	ㅟ	ㅢ		ㅞ	ㅙ
음가 音標	[wa]	[wʌ]	[we]	[wi]	[ɰi]		[we]	[wɛ]

자음(輔音)

글자 字	ㄱ	ㄴ	ㄷ	ㄹ	ㅁ	ㅂ	ㅅ	ㅇ	ㅈ	ㅎ
음가 音標	[k]	[n]	[t]	[l]	[m]	[p]	[s]	[ŋ]	[ts]	[h]
글자 字	ㅋ		ㅌ			ㅍ				ㅊ
음가 音標	[kʰ]		[tʰ]			[pʰ]				[tsʰ]
글자 字	ㄲ		ㄸ			ㅃ	ㅆ			ㅉ
음가 音標	[k']		[t']			[p']	[s']			[ts']

21

한글의 모음도(韓語元音)

韓語的元音有八個單元音 (ㅏ, ㅓ, ㅗ, ㅜ, ㅡ, ㅣ, ㅔ, ㅐ) 和十三個複合元音 (ㅑ, ㅕ, ㅛ, ㅠ, ㅒ, ㅖ, ㅘ, ㅙ, ㅚ, ㅝ, ㅞ, ㅟ, ㅢ)。下面是各單元音的舌位。

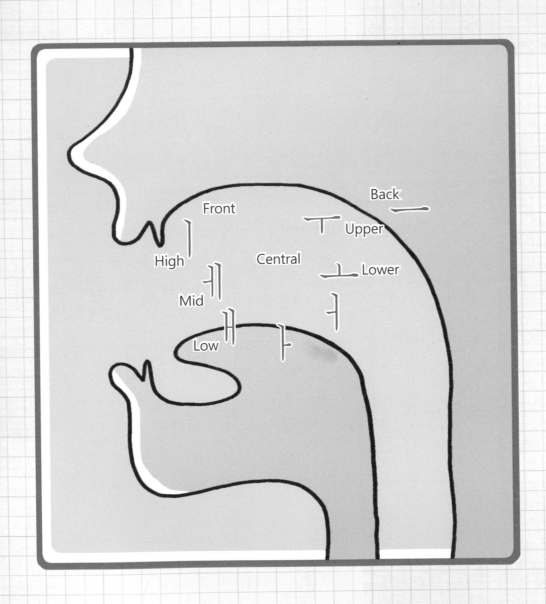

22

(1) 발음하기(發音)

聽錄音並跟讀。

字	音標	嘴形	發音方法
ㅏ	[a]		央元音，低元音，非圓唇元音。口自然張開，開口度大，舌面放平。跟漢語的/a/音基本相同。
ㅓ	[ʌ]		後元音，半高元音，非圓唇元音。開口度比「ㅣ」大，舌尖離開下齒齦，舌面稍微隆起。
ㅗ	[o]		後元音，半高元音，圓唇元音。口腔半閉，兩唇收攏成圓形，上下唇間距離約一食指寬，舌面後部升到半高程度。 **注意** A：發音時雙唇不要動，一動容易變成複合元音。 　　　B：漢語的o只能跟雙唇輔音結合成音節，因此，口形由小變大，音質同韓語「ㅗ」有所不同。
ㅜ	[u]		後元音，高元音，圓唇元音。開口度很小（和「ㅣ」一樣），兩唇收攏成圓形，舌面後隆起接近軟顎。跟漢語/u/一樣。
ㅡ	[ɯ]		央後元音，高元音，非圓唇元音。口開得很小（和「ㅜ」一樣），舌面向上抬起接近軟顎，嘴唇不圓。 * 此音在漢語裡沒有，學生不容易發，應加強練習。不同於漢語的 [I] [zi, ci, si] 和 [i] [zhi, chi, shi]。
ㅣ	[i]		前元音，高元音，非圓唇元音。舌尖抵住下齒背，雙唇扁平。跟漢語的/i/音近似。
ㅔ	[e]		前元音，半高元音，不圓唇元音。口腔微開，上下齒齦距離約為一食指寬，舌尖抵住下齒背，嘴唇不圓。
ㅐ	[ɛ]		前元音，半低元音，不圓唇元音。口腔半開，上下齒的距離約為兩個食指寬，舌尖抵住下齒背，嘴唇不圓。

(2) 쓰기(書寫方法)

請按照筆劃寫寫看。

ㅏ	ㅏ	ㅏ				
ㅓ	ㅓ	ㅓ				
ㅗ	ㅗ	ㅗ				
ㅜ	ㅜ	ㅜ				
ㅡ	ㅡ					
ㅣ	ㅣ					
ㅖ	ㅖ	ㅖ	ㅖ			
ㅒ	ㅒ	ㅒ	ㅒ			

(3) 연습(練習)

聽錄音並跟讀。

1) 아이[아이/ai] 小孩
2) 아우[아우/au] 弟弟

오이[오이/oi] 黃瓜
애[애:/ɛ:] 小孩「아이」

02 자음 輔音

1) 자음 1(輔音1)

(1) 발음하기(發音)

聽錄音並跟讀。

ㄱ		가구 [가구/kagu] 家具		고기 [고기/kogi] 肉		가다 [가다/kada] 去
ㄴ		나 [나/na] 我		노루 [노루/noru] 獐子		노래 [노래/norɛ] 歌
ㄷ		다리 [다리/tari] 橋		구두 [구두/kudu] 皮鞋		두 개 [두: 개/tu:gɛ] 兩個
ㄹ		오리 [오:리/o:ri] 鴨子		라디오 [라디오/radio] 廣播		우리 [우리/uri] 我們

(2) 쓰기(書寫方法)

請按照筆劃寫寫看。

ㄱ	ㄱ				
ㄴ	ㄴ				
ㄷ	ㄷ	ㄷ			
ㄹ	ㄹ	ㄹ	ㄹ		

(3) 음절 (音節)

韓國語的音節是由輔音和元音相加形成的。

元音 輔音	ㅏ	ㅓ	ㅗ	ㅜ	ㅡ	ㅣ	ㅔ	ㅐ
ㄱ			고				게	
ㄴ	나				느			
ㄷ	더				디			
ㄹ			루					래

輔音放左或上，元音放右或下。元音可單獨成音節，但這時要在元音前加「ㅇ」。這時的「ㅇ」只說明這音節沒有輔音，「ㅇ」不發音。

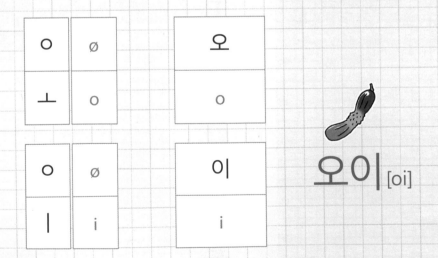

오이[oi]

(4) 연습(練習)

聽錄音並跟讀。

1) 거기 [거기/kʌgi] 那裡　　　누나 [누나/nuna] 姐姐
2) 어디 [어디/ʌdi] 哪裡　　　나가다 [나가다/nagada] 出去
3) 나라 [나라/nara] 國家　　　내리다 [내리다/nɛrida] 下降

2) 자음 2(輔音 2)

(1) 발음하기(發音)

聽錄音並跟讀。

ㅁ		머리 [머리/mʌri] 頭		모자 [모자/modza] 帽子		무 [무:/mu:] 蘿蔔
ㅂ		배 [배/pɛ] 船		바다 [바다/pada] 海		비누 [비누/pinu] 肥皂
ㅅ		소 [소/so] 牛		사다 [사다/sada] 買		새 [새:/sɛ:] 鳥
ㅈ		자 [자:/tsa:] 尺		아주머니 [아주머니/adzumʌni] 阿姨（敬語）		지도 [지도/tsido] 地圖
ㅎ		해 [해/hɛ] 日		지하 [지하/tsiha] 地下		허리 [허리/hʌri] 腰

27

(2) 쓰기 (書寫方法)

請按照筆劃寫寫看。

ㅁ	ㅁ	ㅁ	ㅁ			
ㅂ	ㅂ	ㅂ	ㅂ	ㅂ		
ㅅ	ㅅ	ㅅ				
ㅈ	ㅈ	ㅈ				
ㅎ	ㅎ	ㅎ	ㅎ			

(3) 음절 (音節)

請拼寫輔音和元音。韓國語元音有的在輔音右邊 (ㅏ, ㅓ, ㅣ, ㅔ, ㅐ)，有的在輔音下邊 (ㅗ, ㅜ, ㅡ)。

輔音 ＼ 元音	ㅏ	ㅑ	ㅓ	ㅕ	ㅗ	ㅛ	ㅜ	ㅠ	ㅡ	ㅣ
ㅁ				며			무			
ㅂ		뱌							브	
ㅅ	사							슈		
ㅈ					조					지
ㅎ			허		효					

28

聽錄音並跟讀。

1) 나무[나무/namu] 樹
   부부[부부/pubu] 夫妻

   어머니[어머니/ʌmʌɲi] 媽媽（敬語）
   나비[나비/nabi] 蝴蝶

2) 사이[사이/sai] 關係/之間
   서다[서다/sʌda] 站

   소나무[소나무/sonamu] 松樹
   수고[수고/sugo] 辛苦

3) 호수[호수/hosu] 湖
   휴지[휴지/hjudzi] 衛生紙

   흐리다[흐리다/hɯrida] 陰天
   하마[하마/hama] 河馬

3) 자음 3(輔音 3)

(1) 발음하기 (發音)

聽錄音並跟讀。

ㅊ		차 [차/tsʰa] 車		고추 [고추/kotsʰu] 辣椒		치마 [치마/tsʰima] 裙子
ㅋ		코 [코/kʰo] 鼻子		키 [키/kʰi] 個子		크다 [크다/kʰɯda] 大
ㅌ		타조 [타:조/tʰa:dzo] 鴕鳥		투수 [투수/tʰusu] 投手		도토리 [도토리/totʰori] 橡子
ㅍ		포도 [포도/pʰodo] 葡萄		파 [파/pʰa] 蔥		파도 [파도/pʰado] 波浪

(2) 쓰기 (書寫方法)

請按照筆劃寫寫看。

ㅊ	ㅊ	ㅊ	ㅊ			
ㅋ	ㅋ	ㅋ				
ㅌ	ㅌ	ㅌ	ㅌ			
ㅍ	ㅍ	ㅍ	ㅍ	ㅍ		

(3) 음절 (音節)

請拼寫輔音和元音。韓國語元音有的在輔音右邊（ㅏ, ㅓ, ㅣ, ㅐ, ㅒ），有的在輔音下邊（ㅗ, ㅜ, ㅡ）。

輔音＼元音	ㅏ	ㅑ	ㅓ	ㅕ	ㅗ	ㅛ	ㅜ	ㅠ	ㅡ	ㅣ
ㅊ			쳐				추			
ㅋ		캬								크
ㅌ					토					티
ㅍ	파					표				

聽錄音並跟讀。

1) 채소[채:소/tsʰɛ:so] 青菜　　　우체국[우체국/utsʰeguk] 郵局

2) 커피[커피/kʰʌpʰi] 咖啡　　　카메라[카메라/kʰamera] 照相機

3) 우표[우표/upʰjo] 郵票　　　스피커[스피커/sɯpʰikʰʌ] 音響

4) 자음 4(輔音 4)

(1) 발음하기(發音)

聽錄音並跟讀。

ㄲ		까치 [까치/k'atsʰi] 喜鵲		토끼 [토끼/tʰok'i] 兔子	꼬리 [꼬리/k'ori] 尾巴
ㄸ		띠 [띠/t'i] 帶		따다 [따다/t'ada] 摘	뜨다 [뜨다/t'ɯda] 織
ㅃ		뿌리 [뿌리/p'uri] 根		뽀뽀 [뽀뽀/p'op'o] 親嘴	바쁘다 [바쁘다/pap'ɯda] 忙
ㅆ		쓰다 [쓰다/s'ɯda] 寫		비싸다 [비싸다/pis'ada] 貴	아가씨 [아가씨/agaɕ'i] 小姐
ㅉ		찌개 [찌개/ts'igɛ] 湯		짜다 [짜다/ts'ada] 擰（脫水）	버찌 [버찌/pʌts'i] 黑櫻桃

(2) 음절(音節)

請拼寫輔音和元音。

輔音＼元音	ㅏ	ㅑ	ㅓ	ㅕ	ㅗ	ㅛ	ㅜ	ㅠ	ㅡ	ㅣ
ㄲ			꺼				꾸			
ㄸ	따									띠
ㅃ				뼈					쁘	
ㅆ			써				쑤			
ㅉ					쪼					찌

(3) 연습(練習)

聽錄音並跟讀。

1) 꼬마[꼬마/kʼoma]　小孩
　　따다[따다/tʼada]　摘

2) 아빠[아빠/apʼa]　爸爸
　　쏘다[쏘:다/sʼoːda]　射

3) 짜다[짜다/tsʼada]　鹹
　　가짜[가짜/katsʼa]　假的

바꾸다[바꾸다/pakʼuda]　換
떠나다[떠나다/tʼʌnada]　離開
빠르다[빠르다/pʼaruɯda]　快
쓰러지다[쓰러지다/sʼɯrʌdzida]　暈倒
찌르다[찌르다/tsʼirɯda]　扎/刺鼻

(1) 발음하기 (發音)

ㅒ	애기 [애:기/jɛ:gi] 談話		
ㅖ	폐 [폐/페/pʰje/pʰe] 肺	시계 [시계/시게/ ɕigje/ɕige] 時鐘	
ㅘ	사과 [사과/sagwa] 蘋果	화가 [화가/hwaga] 畵家	
ㅙ	왜 [왜/wɛ] 為什麼	돼지 [돼:지/twɛ:dzi] 豬	
ㅚ	외투 [웨:투/we:tʰu] 外套	최고 [췌:고/tsʰwe:go] 最棒	회사 [훼사/hwesa] 公司
ㅝ	더워요 [더워요/tʌwʌjo] 熱	추워요 [추워요/tsʰuwʌjo] 冷	무거워요 [무거워요/ mugʌwʌjo] 重
ㅞ	궤도 [궤:도/kwe:do] 軌道		
ㅟ	위 [위/y/wi] 上	귀 [귀/ky/kwi] 耳朵	뒤 [뒤:/ty:/twi:] 後
ㅢ	의사 [의사/ɰisa] 醫生	의자 [의사/ɰidza] 椅子	회의 [훼이/hwei] 會議

(2) 쓰기(書寫方法)

請按照筆劃寫寫看。

ㅒ	ㅒ	ㅒ	ㅒ	ㅒ		
ㅖ	ㅖ	ㅖ	ㅖ	ㅖ		
과	과	과	과	과		
괘	괘	괘	괘	괘	괘	
긔	긔	긔	긔			
ㅝ	ㅝ	ㅝ	ㅝ	ㅝ		
ㅞ	ㅞ	ㅞ	ㅞ	ㅞ	ㅞ	
ㅟ	ㅟ	ㅟ	ㅟ			
ㅢ	ㅢ	ㅢ				

(3) 연습(練習)

聽錄音並跟讀。

1) 예의[예이/jei] 禮儀　　　세계[세:계/세:게/se:gje/se:ge] 世界

2) 봐요[봐:요/pwa:jo] 看　　　괴로워요[궤로워요/kwerowʌjo] 苦惱、心裡苦

3) 쉬다[쉬:다/ʃy:da/ʃwi:da] 休息　　의미[의미/ɰimi] 意思

34

現在我們來學一下由「輔音+元音+輔音」形成的音節。最後的輔音叫「收音」或「韻尾」，寫在輔音和元音下面。

(1) 발음하기 (發音)

聽錄音並跟讀。

ㄱ, ㅋ, ㄲ [k]		책 [책/tsʰɛk] 書		부엌 [부억/puʌk] 廚房		낚시 [낙씨/nakɕ'i] 釣魚
ㄴ [n]		눈 [눈/nun] 眼睛		산 [산/san] 山		돈 [돈:/to:n] 錢
ㄷ, ㅅ, ㅈ [t] ㅊ, ㅌ, ㅎ		걷다 [걷:따/kə:(t)t'a] 走		빗 [빋/pit] 梳子		낮 [낟/nat] 白天
		꽃 [꼳/k'ot] 花		밭 [받/pat] 田地	ㅎ	히읗 [히읃/hiɯt] 「ㅎ」的名字
ㄹ [l]		달 [달/tal] 月		발 [발/pal] 腳		팔 [팔/pʰal] 胳膊
ㅁ [m]		곰 [곰:/ko:m] 熊		밤 [밤/pam] 夜		엄마 [엄마/ʌmma] 媽媽

ㅂ ㅍ [p]		집 [집/tsip] 家		앞 [압/ap] 前		무릎 [무릅/murɯp] 膝蓋
ㅇ [ŋ]		강 [강/kaŋ] 江、河		공 [공:/koːŋ] 球		창문 [창문/tsʰaŋmun] 窗戶

(2) 연습(練習)

聽錄音並跟讀。

1) 벽[벽/pjʌk] 牆   남녁[남녁/namɲʌk] 南邊

깎다[깍따/k'akt'a] 殺(價)/削   문[문/mun] 門

2) 곧[곧/kot] 馬上   낫[낟/nat] 鐮刀

벚[벋/pʌt] 櫻花   빛[빋/pit] 光

끝[끋/k'ɯt] 盡頭/最後

3) 알다[알:다/aːlda] 知道   몸[몸/mom] 身體

밥[밥/pap] 飯   잎[입/ip] 葉子

공장[공장/koŋdzaŋ] 工廠

한글의 발음 규칙
韓語的發音規則

韓國語有多種發音規則。請一一掌握並進行練習。

01 연음 법칙   連音法則

韓語的音節有收音，而且當後面接以元音開頭的詞尾、助詞或後綴時，其收音到後一個音節充當輔音。

文字(發音)	文字(發音)	文字(發音)
꽃이 [꼬치/kʼotsʰi]	옷을 [오슬/osɯl]	먹어요 [머거요/mʌgʌjo]
밥이 [바비/pabi]	부엌에 [부어케/puʌkʰe]	닫아요 [다다요/tadajo]
문어 [무너/munʌ]	마음에 [마으메/maɯme]	살아요 [사라요/sarajo]

在發音器官受到阻塞而出來的音，如破裂音、摩擦、破擦音等都稱為障礙音。當障礙音做收音時，收音的發音有重化規則。例如，從舌頭後端和軟口蓋之間出來的軟口蓋音/ㄱ, ㄲ, ㅋ/在做收音時，發/ㄱ/的音，就如「국〔국〕, 밖〔박〕, 부엌〔부억〕」。

* 破裂音：發音時，從肺出來的氣流完全阻塞，然後突然放開，讓氣流衝出的音，如「ㅂ, ㅃ, ㅍ, ㄷ, ㄸ, ㅌ, ㄱ, ㄲ, ㅋ」等音。
* 摩擦音：氣流從由發音器官造成的縫隙經過摩擦而發出的音，如「ㅅ, ㅆ, ㅎ」等音。
* 破擦音：同時帶有破裂音和摩擦音兩個性質的聲音，如「ㅈ, ㅉ, ㅊ」等音。

文字	發音	例
ㄱ, ㅋ, ㄲ	[k]	국, 부엌, 밖
ㄷ, ㅅ, ㅆ, ㅈ, ㅊ, ㅌ, ㅎ	[t]	곧, 다섯, 갔다, 빗, 빛, 끝, 히읗
ㅂ, ㅍ	[p]	밥, 숲

韓語有「ㄳ, ㄵ, ㄶ, ㄺ, ㄻ, ㄼ, ㄽ, ㄾ, ㄿ, ㅀ, ㅄ」十一個雙收音，雙收音在語末或與輔音開頭的音節前只發其中一個音。韓語的收音只有/ㄱ, ㄴ, ㄷ, ㄹ, ㅁ, ㅂ, ㅇ/七種發音。雙收音發音時一個要脫落。其中有前一個脫落的，也有後一個脫落的。

(1) 첫소리만 발음되는 경우(只發前面音的情況)

雙收音「ㄳ, ㄵ, ㄼ, ㄾ, ㅄ」, 後面的音脫落, 只發前面的音。

文字(發音)	文字(發音)	文字(發音)
넋 [넉/nʌk]	앉다 [안따/ant'a]	외곬 [웨골/wegol]
핥다 [할따/halt'a]	값 [갑/kap]	몫 [목/mok]

(2) 첫소리는 그대로 발음되고 둘째 소리는 바뀌는 경우(第一個音不變, 第二個音變化)

雙收音「ㄶ, ㅀ」發前一個音, 而第二個音/ㅎ/在/ㄱ, ㄷ, ㅈ/音前時, 跟它們結合變成/ㅋ, ㅌ, ㅊ/, 在/ㅅ, ㄴ/前則脫落。

文字(發音)	文字(發音)	文字(發音)
많고 [만.코/ma:nkʰo]	많다 [만.타/ma:ntʰa]	많지 [만.치/ma:ntsʰi]
싫고 [실코/ɕilkʰo]	싫다 [실타/ɕiltʰa]	싫지 [실치/ɕiltsʰi]
많소 [만.쏘/ma:ns'o]	많네 [만.네/ma:nne]	
뚫소 [뚤쏘/t'uls'o]	뚫네 [뚤레/t'ulle]	

(3) 둘째 소리만 발음되는 경우 (只發後面的音的情況)

雙收音「ㄻ, ㄿ」前面的音脫落，只發後面的音。

文字(發音)	文字(發音)	文字(發音)
삶 [삼ː/saːm]	굶다 [굼ː따/kuːmt'a]	젊다 [점ː따/tsəːmt'a]
읊다 [읍따/ɯpt'a]	읊지 [읍찌/ɯpts'i]	읊고 [읍꼬/ɯpk'o]

(4) 첫소리만 발음되거나 둘째 소리만 발음되는 경우 (或發前一個, 或發後一個音的情況)

一般雙收音「ㄼ, ㄿ」中,「ㄼ」要把/ㅂ/脫落，只發/ㄹ/音，但在「밟다」和「넓죽하다, 넓둥글다」的時候比較特殊，這時要把/ㄹ/脫落，只發/ㅂ/音。

文字(發音)	文字(發音)	文字(發音)
여덟 [여덜/jʌdʌl]	짧다 [짤따/ts'alt'a]	짧고 [짤꼬/ts'alk'o]
넓다 [널따/nʌlt'a]	넓지 [널찌/nʌlts'i]	넓고 [널꼬/nʌlk'o]
밟다 [밥ː따/paːpt'a]	밟지 [밥ː찌/paːpts'i]	밟고 [밥ː꼬/paːpk'o]

「ᆰ」要把前面的音脫落，只發/ㄱ/音，但是後加/ㄱ/音時，要把第二個音脫落，發前面的音/ㄹ/。

文字(發音)	文字(發音)	文字(發音)	文字(發音)
읽다 [익따/ikt'a]	읽지 [익찌/ikts'i]	읽고 [일꼬/ilk'o]	읽게 [일께/ilk'e]
맑다 [막따/makt'a]	맑지 [막찌/makts'i]	맑고 [말꼬/malk'o]	맑게 [말께/malk'e]

04 비음화   鼻音化

(1) 장애음의 비음화(鼻音化)

破裂音/ㅂ，ㄷ，ㄱ/在鼻音/ㄴ，ㅁ，ㅇ/前時變成/ㄴ，ㅁ，ㅇ/。這是因收音/ㅂ，ㄷ，ㄱ/受相同位置發音的鼻音影響變成鼻音/ㄴ，ㅁ，ㅇ/。

文字(發音)	文字(發音)	文字(發音)
앞마당 [암마당/ammadaŋ]	믿는다 [민는다/minnɯnda]	한국말 [한ː궁말/haːnguŋmal]
입는 [임는/imnɯn]	있는 [인는/innɯn]	학년 [항년/haŋɲʌn]

(2) 유음의 비음화(響音的鼻音化)

響音/ㄹ/在/ㄴ, ㄹ/以外的輔音後面時發/ㄴ/的音。

文字(發音)	文字(發音)	文字(發音)
심리 [심니/ɕimɲi]	정류장 [정뉴장/tsʌŋɲudzaŋ]	등록금 [등노끔/tɯŋnokʼɯm]
염려 [염녀/jʌmɲʌ]	국립 [궁닙/kuŋɲip]	대학로 [대항노/tɛɦaŋno]

05 경음화   緊音化

輔音/ㄱ, ㄷ, ㅂ, ㅅ, ㅈ/在障礙音（閉音）後變成緊音/ㄲ, ㄸ, ㅃ, ㅆ, ㅉ/。

文字(發音)	文字(發音)	文字(發音)
학교 [학꾜/hakkʼjo]	받다 [받따/pa(t)tʼa]	꽃밭 [꼳빧/kʼotpʼat]
국수 [국쑤/kuksʼu]	국자 [국짜/kuktsʼa]	책상 [책쌍/tsʰɛksʼaŋ]

06 격음화 送氣音化

/ㄱ, ㄷ, ㅂ, ㅈ/在/ㅎ/音前後與/ㅎ/結合變成送氣音/ㅋ, ㅌ, ㅍ, ㅊ/。

文字(發音)	文字(發音)	文字(發音)	文字(發音)
국화 [구콰/kukʰwa]	맏형 [마텽/matʰjʌŋ]	입학 [이팍/ipʰak]	앉히다 [안치다/antsʰida]
놓고 [노코/nokʰo]	놓다 [노타/notʰa]	놓지 [노치/notsʰi]	많다 [만ː타/maːntʰa]

07 구개음화 顎化

收音/ㄷ, ㅌ/後加「이」或「히」的形態素時變成/ㅈ, ㅊ/。

文字(發音)	文字(發音)	文字(發音)
굳이 [구지/kudzi]	맏이 [마지/madzi]	해돋이 [해도지/hɛdodzi]
같이 [가치/katsʰi]	끝이 [끄치/k'ɯtsʰi]	굳히다 [구치다/kutsʰida]

收音/ㅎ/在以元音開頭的音節前時脫落。

文字(發音)	文字(發音)	文字(發音)
좋아요 [조:아요/tso:ajo]	좋은 [조:은/tso:ɯn]	좋을 [조:을/tso:ɯl]
많아요 [마:나요/ma:najo]	많은 [마:는/ma:nɯn]	많을 [마:늘/ma:nɯl]

查詞典

以下是韓國語詞典裡的字母排序，你也可以拿起詞典練習找找看。

1	초성 輔音	ㄱ ㄲ ㄴ ㄷ ㄸ ㄹ ㅁ ㅂ ㅃ ㅅ ㅆ ㅇ ㅈ ㅉ ㅊ ㅋ ㅌ ㅍ ㅎ
2	중성 元音	ㅏ ㅐ ㅑ ㅒ ㅓ ㅔ ㅕ ㅖ ㅗ ㅘ ㅙ ㅚ ㅛ ㅜ ㅝ ㅞ ㅟ ㅠ ㅡ ㅢ ㅣ
3	종성(받침) 收音(韻尾)	ㄱ ㄲ ㄳ ㄴ ㄵ ㄶ ㄷ ㄹ ㄺ ㄻ ㄼ ㄽ ㄾ ㄿ ㅀ ㅁ ㅂ ㅄ ㅅ ㅆ ㅇ ㅈ ㅊ ㅋ ㅌ ㅍ ㅎ

한글의 I P A 표기　　　　　　　　IPA韓國語國際音標的標記

모음(元音)

글자 字	ㅏ	ㅓ	ㅗ	ㅜ	ㅡ	ㅣ	ㅔ	ㅐ
음가 音標	[a]	[ʌ/ə:]	[o]	[u]	[ɯ]	[i]	[e]	[ɛ]
글자 字	ㅑ	ㅕ	ㅛ	ㅠ			ㅖ	ㅒ
음가 音標	[ja]	[jʌ/jə:]	[jo]	[ju]			[je]	[jɛ]
글자 字	ㅘ	ㅝ	ㅚ	ㅟ	ㅢ		ㅞ	ㅙ
음가 音標	[wa]	[wʌ]	[we]	[y/wi]	[ɥi/i]		[we]	[wɛ]

자음(輔音)

글자 字		ㄱ	ㄴ	ㄷ	ㄹ	ㅁ	ㅂ	ㅅ	ㅇ	ㅈ	ㅎ
음가 音標	첫소리 開頭音	[k]	[n/ɲ]	[t]	[r]	[m]	[p]	[s/ɕ/ʃ]	-	[ts]	[h]
	어중 語中	[g]	[n/ɲ]	[d]	[r/l/ʌ]	[m]	[b]	[s/ɕ/ʃ]	-	[dz]	[ɦ]
	받침 收音	[k]	[n]	[t]	[l]	[m]	[p]	[t]	[ŋ]	[t]	[t]

글자 Letter		ㅋ	ㅌ		ㅍ		ㅊ
음가 音標	첫소리 開頭音	[kʰ]	[tʰ]		[pʰ]		[tsʰ]
	어중 語中	[kʰ]	[tʰ]		[pʰ]		[tsʰ]
	받침 收音	[k]	[t]		[p]		[t]

글자 字		ㄲ	ㄸ		ㅃ	ㅆ	ㅉ
음가 音標	첫소리 開頭音	[k']	[t']		[p']	[s'/ɕ']	[ts']
	어중 語中	[k']	[t']		[p']	[s'/ɕ']	[ts']
	받침 收音	[k]	-		-	[t]	-

* 語中：指第二個音節以下的輔音。

45

課文
韓語基礎會話

HELLO ~ KOREAN

본문

한국어 기초 회화

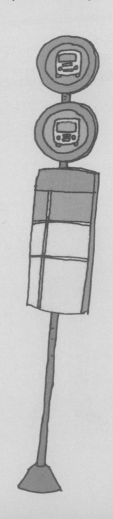

안녕하세요? 你好！

學習目標

情景
自我介紹
詞彙
問候/打招呼
國家、職業
興趣/愛好
語法
N은/는 N입니다
N이/가 무엇입니까?
제 N

CD로 들어 보세요

최지영	안녕하세요?
로 이	안녕하십니까?
최지영	제 이름은 최지영입니다.
로 이	제 이름은 로이입니다.
최지영	저는 한국 사람입니다.
	로이 씨는 어느 나라 사람입니까?
로 이	저는 홍콩 사람입니다.
최지영	만나서 반갑습니다.
로 이	만나서 반갑습니다.

韓國人問候長輩或主管、長
官時，要恭敬得行45度鞠
躬禮。如果只說「안녕하세
요？(你好！)」或只招招手
的話可能會被看作很沒禮
貌。如果互相見面，也常
用「식사하셨어요？(吃飯
了嗎？)」、「밥 먹었어요？
(吃過了嗎？)」來表示問
候。

이름은[이르믄/irɯmɯn]　안녕하십니까[안녕하심니까/aɲɲʌŋɦaɕimɲik'a]
사람입니다[사:라밈니다/sa:ramimɲida]　반갑습니다[반갑씀니다/pangaps'ɯmɲida]

CD로 들어 보세요

어휘와 표현 單詞及表達

01 인사   問候/打招呼

안녕하세요? 你好!

안녕하십니까? 您好!

만나서 반갑습니다 見到你很高興/認識你很高興

韓語的問候語請參考 60、61頁。

02 나라   國家

한국   중국   일본   미국

호주   프랑스   캐나다   독일

필리핀   스페인   코트디부아르   케냐

홍콩   이탈리아   러시아   멕시코

03 직업   職業

선생님 老師   학생 學生   의사 醫生
경찰관 警察   요리사 廚師   영화배우 電影演員

04 취미   興趣/愛好

야구 棒球   요리 菜/菜餚   축구 足球
독서 讀書   태권도 跆拳道
영화 감상 電影欣賞

05 기타   其他

네 是/是的   이름 名字
어느 나라 사람입니까? 哪國人?

비음화(鼻音化)

발음규칙 發音規則

鬆音/ㅂ, ㄷ, ㄱ/在響音（鼻音）/ㄴ, ㅁ, ㅇ/前時，發響音/ㅁ, ㄴ, ㅇ/的音。這是受
響音（鼻音）的影響，使其鬆音/ㅂ, ㄷ, ㄱ/自然地變成鼻音/ㅁ, ㄴ, ㅇ/。

안녕하십니까 ⇒ [안녕하심니까]
ㅂ + ㄴ ⇒ ㅁ + ㄴ

반갑습니다[반갑씀니다/pangaps'umɲida]   최지영입니다[췌지영임니다/tsʰwedzijʌŋimɲida]
무엇입니까[무어심니까/muʌɕimɲik'a]   사람입니다[사:라밈니다/sa:ramimɲida]

문법 語法

01 N은/는 N입니다

N是N

韓語是一種使用助詞的語言。根據名詞的最後一個音節有無收音做有相應的變化。有收音時，助詞要用「N은」，沒有收音的話，助詞要用「N는」。

제 이름은 최지영입니다.

저는 한국 사람입니다.

저는 학생입니다.

02 N이/가 무엇입니까?

N是什麼?

名詞的最後一個音節有收音時加「N이」，沒有收音時加「N가」。

이름이 무엇입니까?

직업이 무엇입니까?

취미가 무엇입니까?

03 제 N

我的N

제 이름은 스테파니입니다.

제 취미는 야구입니다.

제 직업은 의사입니다.

04 N 사람

N人

表達哪一國人時，在國家名後加「~사람」。

한국 사람　　　중국 사람

일본 사람　　　미국 사람

05 N 씨

N先生/N女士

최지영 씨　　　이준기 씨

스테파니 씨　　　왕샤위 씨

회화 연습 會話練習

01 이름이 무엇입니까? 你叫什麼名字?

仿照例句做練習。

최지영

가 : 이름이 무엇입니까?
나 : 제 이름은 최지영입니다.

로베르토

가 : 이름이 무엇입니까?
나 : 제 이름은 ＿＿＿＿＿＿＿입니다.

리리

가 : ＿＿＿＿＿＿＿＿＿＿＿＿＿＿?
나 : ＿＿＿＿＿＿＿＿＿＿＿＿＿＿.

퍼디

가 : ＿＿＿＿＿＿＿＿＿＿＿＿＿＿?
나 : ＿＿＿＿＿＿＿＿＿＿＿＿＿＿.

마스미

가 : ＿＿＿＿＿＿＿＿＿＿＿＿＿＿?
나 : ＿＿＿＿＿＿＿＿＿＿＿＿＿＿.

02 어느 나라 사람입니까?　　　　　　　　　　　你是哪國人?

仿照例句做練習。

비비엔
독일

가 : 어느 나라 사람입니까?
나 : 저는 독일 사람입니다.

로이
홍콩

가 : 어느 나라 사람입니까?
나 : 저는 _____ 사람입니다.

왕샤위
중국

가 : _____?
나 : _____.

마스미
일본

가 : _____?
나 : _____.

퍼디
필리핀

가 : _____?
나 : _____.

03 직업이 무엇입니까?

你的職業是什麼？

仿照例句做練習。

가 : 비비엔 씨 직업이 무엇입니까?
나 : 제 직업은 학생입니다.

비비엔
학생

가 : 로이 씨 직업이 무엇입니까?
나 : 제 직업은 _____입니다.

로이
의사

가 : _____?
나 : _____.

왕샤위
경찰관

가 : _____?
나 : _____.

마스미
요리사

가 : _____?
나 : _____.

퍼디
학생

04 취미가 무엇입니까? 你的愛好是什麼?

仿照例句做練習。

 야구

가 : 취미가 무엇입니까?
나 : 제 취미는 야구입니다.

 요리

가 : 취미가 무엇입니까?
나 : 제 취미는 _____입니다.

 축구

가 : _____?
나 : _____.

 독서

가 : _____?
나 : _____.

 태권도

가 : _____?
나 : _____.

이준기와 이야기하기 跟李準基聊天

| **자기소개하기** | 自我介紹

聆聽CD後，試著學李準基做自我介紹。

이준기 안녕하십니까?
제 이름은 이준기입니다.
저는 한국 사람입니다.
저는 영화배우입니다.
제 취미는 태권도입니다.
만나서 반갑습니다.

비비엔 안녕하세요?
제 이름은 비비엔입니다.
저는 독일 사람입니다.
저는 학생입니다.
제 취미는 영화 감상입니다.
만나서 반갑습니다.

안녕하십니까?

제 이름은 _____.

저는 _____.

저는 _____.

제 취미는 _____.

만나서 반갑습니다.

인사하기 問候

안녕하십니까?
您好!

안녕하세요?
你好!

안녕히 계세요.
請留步。

안녕히 가세요.
請慢走。

잘 먹겠습니다.
謝謝招待。
（飯前的禮節。）

잘 먹었습니다.
謝謝盛情款待。
（飯後的禮節。）

다녀오겠습니다.
我要出門了。

잘 다녀와.
다녀오세요.
早點回來。
請早點回來。

감사합니다.
고맙습니다.
謝謝。

뭘요?
천만에요.
哪裡哪裡。
（不客氣。）

죄송합니다.
미안합니다.
對不起。

아니에요.
괜찮아요.
不是（敬語）。
沒關係。

실례합니다.
失禮了 (敬語)。

들어오세요.
請進。

안녕히
주무세요.
晚安 (敬語)。

안녕히
주무세요.
晚安 (敬語)。

주말 잘
지내세요.
週末愉快。

주말 잘
보내세요.
週末愉快。

또 만나요.
再見。

또 봐요.
再見。

* 「주말 잘 지내세요」和「주말 잘 보내세요」的
  表現雖然不同，但意思是相同的。

내일 만나요.
明天見。

내일 봐요.
明天見。

축하합니다.
축하해요.
恭喜。

감사합니다.
고마워요.
謝謝。

* 韓語的「보다」除了「用眼睛看」的意思以外，也有「見面」之意。因此，道別時有人會說「또 봐
  요」、「내일 봐요」；也有人用「또 만나요」、「내일 만나요」來表現。

傳統和現代文化共存的街道——明洞

在韓國的購物區明洞，
到處可見大型百貨公司、各種商品專賣店及多樣化的流行賣場。
明洞不僅引領著尖端的流行時尚，
同時還是銀行和國內外主要金融公司的聚集地。
1898年以來，一直與這條華麗街道的歷史緊密相連的明洞教堂，
也是不容錯過的一處名勝。
不管是曙光微露的清晨還是夕陽西下黃昏，
從明洞教堂上看到的風景都極為讚歎。

이것은 무엇입니까?

這是什麼？

學習目標

情景
對事物的問答
詞彙
生活用品
菜名
語法
지시 대명사
N은/는 N입니까?
네, N입니다
아니요, N이/가 아닙니다

리 리   이것은 무엇입니까?

이준기   그것은 교통카드입니다.

리 리   그것은 떡볶이입니까?

이준기   네, 이것은 떡볶이입니다.

리 리   저것은 김밥입니까?

이준기   아니요, 김밥이 아닙니다.
       저것은 호떡입니다.

▼

韓國的路邊攤有很多有名的
小吃，比如炒年糕、餡餅、
紫菜包飯。特別是炒年糕，
雖然有點辣卻很受外國朋友
的歡迎，一定要嚐嚐哦！

이것은[이거슨/igʌsɯn]   무엇입니까[무어심니까/muʌɕimɲik'a]   떡볶이[떡뽀끼/t'ʌkp'ok'i]
호떡입니까[호떡김니까/hot'ʌgimɲik'a]   김밥입니다[김:바빔니다/ki:mbabimɲida]

CD로 들어 보세요

어휘와 표현 單詞及表達

01 생활필수품 1 生活用品 1

교통카드 交通卡

전화카드 電話卡

휴대폰 手機

시계 時鐘

구두 皮鞋

가방 皮包

지갑 錢包

안경 眼鏡

02 생활필수품 2 生活用品 2

컵 杯子

그릇 碗

숟가락 湯匙

젓가락 筷子

수세미 菜瓜布

03 생활필수품 3　　　　　　　　　　　　生活用品3

수건 毛巾

비누 肥皂/香皂

치약 牙膏

칫솔 牙刷

샴푸 洗髮乳

린스 潤髮乳

04 음식 이름　　　　　　　　　　　　　食品名稱

떡볶이 炒年糕

김밥 紫菜飯糰

호떡 甜餡餅/糖餅

비빔밥 拌飯

불고기 烤肉

자장면 炸醬麵

연음 법칙(連音法則)

⦅ 발 음 규 칙 發 音 規 則 ⦆

有收音的音節後接以元音開頭的音節時，其收音到後面音節充當輔音。

$$이것은 ⇒ [이거슨]$$

이름은[이르믄/irɯmɯn]
무엇입니까[무어심니까/muʌɕimɲikˈa]

선생님이에요[선생니미에요/sʌnsɛŋɲimiejo]
호떡을[호떠글/hoˈtʌgɯl]

문법 語法

01 이것/그것/저것/무엇   這個/那個/那個/什麼

이것	그것	저것	무엇

이것은 교통카드입니다.
그것은 휴대폰입니다.

저것은 김밥입니다.
이것은 무엇입니까?

02 N은/는 N입니까?   N是N?

有收音和沒有收音時都用「N입니까?」

이것은 교통카드입니까?

그것은 휴대폰입니까?

저것은 김밥입니까?

03 네, N입니다
아니요, N이/가 아닙니다

是，是N
不是，不是N

名詞的最後一個音節有收音時用「N이 아닙니다」，沒有收音時「N가 아닙니다」。

네, 교통카드입니다.
아니요, 교통카드가 아닙니다.

네, 휴대폰입니다.
아니요, 휴대폰이 아닙니다.

네, 김밥입니다.
아니요, 김밥이 아닙니다.

| 活用練習 | 填空

N	N입니까?	N입니다	N이/가 아닙니다
교통카드	교통카드입니까?	교통카드입니다	교통카드가 아닙니다
시계		시계입니다	
떡볶이	떡볶이입니까?	떡볶이입니다	
김밥		김밥입니다	
휴대폰	휴대폰입니까?		

회화 연습 會話練習

이것은 무엇입니까? 　　　　　　　　　　　　　　　　這是什麼?

仿照例句做練習。

  가방

리리 : 이것은 무엇입니까?
이준기 : 그것은 가방입니다.

지갑

가 : 이것은 무엇입니까?
나 : 그것은 _____입니다.

안경

가 : _____?
나 : _____.

구두

가 : _____?
나 : _____.

 전화카드

가 : _____?
나 : _____.

02 네, 그것은 김밥입니다.

是的，那是紫菜包飯。

仿照例句做練習。

 김밥

리리 : 이것은 김밥입니까?
이준기 : 네, 그것은 김밥입니다.

 비빔밥

가 : 이것은 비빔밥입니까?
나 : 네, 그것은 _____입니다.

치약

가 : _____?
나 : _____.

 비누

가 : _____?
나 : _____.

 샴푸

가 : _____?
나 : _____.

03 아니요, 김밥이 아닙니다. 不是，那不是紫菜包飯。

仿照例句做練習。

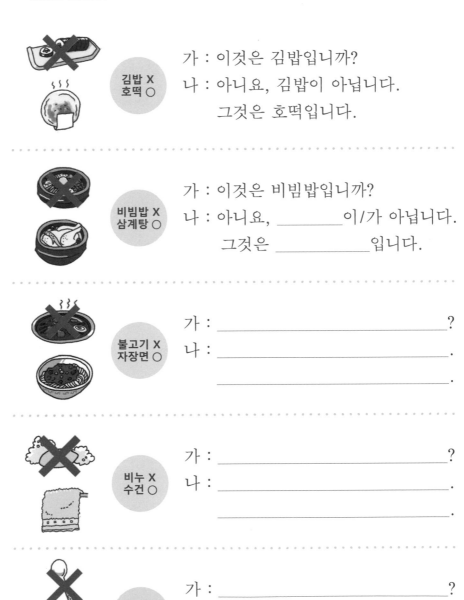

김밥 X
호떡 ○

가 : 이것은 김밥입니까?
나 : 아니요, 김밥이 아닙니다.
　　그것은 호떡입니다.

비빔밥 X
삼계탕 ○

가 : 이것은 비빔밥입니까?
나 : 아니요, _____이/가 아닙니다.
　　그것은 _____입니다.

불고기 X
자장면 ○

가 : _____?
나 : _____.
　　_____.

비누 X
수건 ○

가 : _____?
나 : _____.
　　_____.

숟가락 X
젓가락 ○

가 : _____?
나 : _____.
　　_____.

이준기와 이야기하기 跟李準基聊天

| **물건 이름 물어보기** | 問事物名稱

仔細聆聽CD，和李準基練習對話。

이 준 기   이것은 시계입니까?

스테파니   네, 그것은 시계입니다.

이 준 기   그것은 무엇입니까?

스테파니   이것은 컴퓨터입니다.

이 준 기   저것은 전화카드입니까?

스테파니   아니요, 저것은 전화카드가
　　　　　아닙니다.
　　　　　교통카드입니다.

가 _____은/는 _____입니까?

나 네, _____은/는 _____입니다.

가 _____은/는 _____입니까?

나 _____은/는 _____입니다.

가 _____은/는 _____입니까?

나 아니요, _____은/는 _____이/가 아닙니다.
　　　　　_____입니다.

이~/그~/저~/어느~

這~/那~/那~/哪個~

指示代名詞和方位代名詞（這，那，哪個……）後面在接人、事物、場所、方向的時候，其用法也會稍有不同。熟悉以下用法會有助於學習。

	이~	그~	저~	어느~
사람 人	이 사람	그 사람	저 사람	누구
	이분	그분	저분	어느 분
사물 事物	이것	그것	저것	어느 것
				무엇
장소 場所	여기	거기	저기	어디
방향 方向	이쪽	그쪽	저쪽	어느 쪽

傳統和現代文化共存之街——仁寺洞

茶香飄逸的傳統茶館、美味的韓餐和韓國傳統食品、
彰顯著空間美學的畫廊、多彩的傳統工藝品和日用品，
以及世界上唯一的有韓文招牌的星巴克……
——這就是仁寺洞。
這是韓國的傳統文化和現代文明交會的地方。
在這裡可以感受到如韓國晴朗而高遠的秋日高空，閑雅地
漫步街頭，當然不要錯過品嚐「蜜團和餡餅」的機會喔！

이 라면은 한 개에 얼마예요?

泡麵一包多少錢？

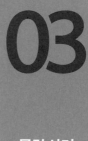
學習目標

情景
購物
詞彙
單位、數字、食品
生活用品
語法
이/그/저 N
N예요/이에요
N이/가 아니에요
N하고 N
N에

CD로 들어 보세요

아 저 씨	어서 오세요.
스테파니	이 라면은 한 개에 얼마예요?
아 저 씨	오백 원이에요.
스테파니	라면 두 개하고 맥주 세 병 주세요.
아 저 씨	모두 오천오백 원입니다.
	감사합니다. 안녕히 가세요.
스테파니	안녕히 계세요.

▼
去韓國的超市或餐廳時，經
常會聽到「아저씨（大叔）」
「아주머니（大媽）」「아가씨
（小姐）」等聽起來很親切的
稱呼。有時候為了表達得
更親切，也可以改叫大媽
為「어머니（大娘）」或「이
모（阿姨）」，叫「아가씨
（小姐）」為「언니（姐姐）」。

라면은[라며는/ramjʌnɯn]　오백 원이에요[오:배궈니에요/o:bɛgwʌniejo]
오천오백 원[오:처노:배권/o:tsʰʌno:bɛgwʌn]　맥주[맥쭈/mɛktsʼu]

어휘와 표현 單詞及表達

01 생활필수품 4 生活用品

건전지 電池

형광등 日光燈

휴대폰 手機

화장지(티슈) 衛生紙 (紙巾/面紙)

휴지 衛生紙

02 식품 食品

라면 泡麵

빵 麵包

두부 豆腐

햄 火腿

컵 라면 碗麵、杯麵

계란 雞蛋

과자 餅乾

통조림 罐頭

03 음료, 주류 飲料、酒類

물 水

콜라 可樂

우유 牛奶

맥주 啤酒

커피 咖啡

소주 白酒/燒酒

주스 果汁

사이다 汽水

04　과일 　　　　　　　　　　　　　　　　　　　　　　　　　　　　水果

사과　蘋果　　　　　　　　　배　梨

바나나　香蕉　　　　　　　　수박　西瓜

딸기　草莓　　　　　　　　　포도　葡萄

감　柿子　　　　　　　　　　귤　橘子

05　고기 　　　　　　　　　　　　　　　　　　　　　　　　　　　　肉類

소고기　牛肉　　　　　　　　돼지고기　豬肉

닭고기　雞肉　　　　　　　　생선　魚

06　단위 　　　　　　　　　　　　　　　　　　　　　　　　　　　　單位

마리/몇 마리

　　頭、隻/幾頭、幾隻 (計算雞、魚等的單位名詞)

킬로그램(kg)/몇 킬로그램

　　公斤/幾公斤 (表示葡萄、草莓、豬肉、牛肉等重量的名詞單位)

송이/몇 송이

　　朵/幾朵 (計算香蕉、葡萄、花的單位名詞)

병/몇 병

　　瓶/幾瓶 (計算啤酒、可樂、水等瓶類的單位名詞)

개/몇 개

　　個/幾個 (計算蘋果、梨、罐頭飲料、電池、衛生紙、泡麵等的單位名詞)

▼

單位名詞

마리
닭고기, 생선……

킬로그램(kg)
포도, 딸기, 돼지고기, 소고기……

송이
바나나, 포도, 꽃…….

병
맥주, 콜라, 물…….

개
사과, 배, 캔음료, 건전지,
휴지, 라면…….

07 기타 　　　　　　　　　　　　　　　　　　　　　　　　　　　 其他

어서 오세요 　歡迎光臨

얼마예요? 　多少錢?

주세요 　給 (我) 吧!

모두 　一共/全/都

깎아 주세요 　便宜點吧!

뭘 드릴까요? 　請問需要什麼?

값 　價格

돈 　錢

원 　元

경음화(緊音化)

발 음 규 칙 發 音 規 則

輔音/ㄱ, ㄷ, ㅂ, ㅅ, ㅈ/在收音/ㄱ/後變緊音/ㄲ, ㄸ, ㅃ, ㅆ, ㅉ/。

맥주 ⇒ [맥쭈]

ㄱ + | ㄱ ㄷ ㅂ ㅅ ㅈ | ⟹ | ㄲ ㄸ ㅃ ㅆ ㅉ |

학교[학꾜/hakk'jo]
닭고기[닥꼬기/takk'ogi]

떡볶이[떡뽀끼/t'ʌkp'ok'i]
읽다[익따/ikt'a]

문법 語法

01 이/그/저 N

這/那/那

兩人對話時，離說話者近的人或事物用「이 N」，離聽者近的人或事物用
「그 N」，離說話者和聽者都遠的人或事物用「저 N」。

이 빵은 얼마예요?

그 사과는 얼마예요?

저 콜라는 얼마예요?

02 N예요/이에요
N이/가 아니에요

是N
不是N

名詞的最後一個音節有收音時用「N이에요」，「N이 아니에요」，沒有收音
時用「N예요」，「N가 아니에요」。此語法與第二課的「N입니다」，「N이/
가 아닙니다」意思相同，一般情況下女性較常用，口語中也常用。

바나나예요.	바나나가 아니에요.
음료수예요.	음료수가 아니에요. .
과일이에요.	과일이 아니에요.

03 N하고 N

「하고」用於連接兩個人或事物，意思與「그리고」相同。不管名詞的最後一個音節有無收音都用「N하고」。

라면하고 두부	커피하고 우유
사과하고 딸기	맥주하고 소주
휴지하고 건전지	소고기하고 닭고기

|活用練習|填空

N	N하고 N
라면, 두부	라면하고 두부
커피, 콜라	
햄, 통조림	
바나나, 수박	
건전지, 휴대폰	
밥, 계란	

04 N에

表示基準

不管名詞的最後一個音節有無收音都用「N에」。

사이다는 한 병에 칠백 원이에요.

그 소고기는 일 킬로그램에 얼마예요?

이 화장지는 한 개에 얼마예요?

이 생선은 한 마리에 이천 원이에요.

|活用練習| 填空

N	N예요/이에요	N이/가 아니에요
사과	사과예요	사과가 아니에요
포도		포도가 아니에요
바나나		
휴지	휴지예요	휴지가 아니에요
휴대폰		휴대폰이 아니에요
오백 원	오백 원이에요	

05 숫자

數字

|일, 이, 삼…|

1	2	3	4
일	이	삼	사
5	6	7	8
오	육	칠	팔
9	10	11	12
구	십	십일	십이
13	14	15	16
십삼	십사	십오	십육
17	18	19	20
십칠	십팔	십구	이십
30	40	50	60
삼십	사십	오십	육십
70	80	90	100
칠십	팔십	구십	백
1,000	10,000	100,000	1,000,000
천	만	십만	백만

▼
16 십육[심뉵]

| 하나, 둘, 셋… |

1	2	3	4
하나 (한 N)	둘 (두 N)	셋 (세 N)	넷 (네 N)
5	6	7	8
다섯	여섯	일곱	여덟
9	10	11	12
아홉	열	열하나 (열한 N)	열둘 (열두 N)
13	14	15	16
열셋 (열세 N)	열넷 (열네 N)	열다섯	열여섯
17	18	19	20
열일곱	열여덟	열아홉	스물 (스무 N)
30	40	50	60
서른	마흔	쉰	예순
70	80	90	100
일흔	여든	아흔	백

▼
11 열하나[열하나]
　　열한[열한]
14 열넷[열렏]
16 열여섯[열려섣]
17 열일곱[열릴곱]
18 열여덟[열려덜]

회화 연습 會話練習

01 이것은 컵라면이에요? 這是碗麵（杯麵）嗎?

仿照例句做練習。

이것
컵 라면 ○

스테파니 : 이것은 컵라면이에요?
아저씨 : 네, 그것은 컵라면이에요.

이것
통조림 X
햄 ○

가 : 이것은 통조림이에요?
나 : 아니요, 그것은 통조림이 아니에요.
　　햄이에요.

이것
건전지 ○

가 : _____?
나 : _____.

그것
배 X
사과 ○

가 : _____?
나 : _____.
　　_____.

저것
과자 X
빵 ○

가 : _____?
나 : _____.
　　_____.

02 사과하고 딸기 주세요.　　　　　　　　請給我蘋果和草莓。

仿照例句做練習。

사과 1개
딸기 1kg

아저씨 : 뭘 드릴까요?

스테파니 : 사과 한 개하고 딸기
　　　　　일 킬로그램 주세요.

사이다 3병
맥주 2병

가 : 뭘 드릴까요?

나 : _____하고 _____ 주세요.

돼지고기 1kg
닭고기 1마리

가 : _____?

나 : _____.

계란 10개
캔 커피 5개
화장지 6개

가 : _____?

나 : _____.

형광등 1개
휴지 7개
바나나 1송이

가 : _____?

나 : _____.

03 이 사과는 한 개에 얼마예요?

仿照例句做練習。

이 사과
1개
오백 원

500원

스테파니 : 이 사과는 한 개에 얼마예요?
아저씨 : 그 사과는 한 개에
　　　　오백 원이에요.

이 바나나
1송이
이천 원

2,000원

가 : 이 _____은/는 _____에 얼마예요?
나 : 그 _____은/는 _____에 _____이에요.

이 콜라
1병
육백 원

600원

가 : _____?
나 : _____.

그 소고기
1킬로그램
만 이천 원

12,000원

가 : _____?
나 : _____.

그 생선
1마리
삼천오백 원

3,500원

가 : _____?
나 : _____.

이준기와 이야기하기 跟李準基聊天

|물건 사기| 購物

仔細聆聽CD，和李準基練習對話。

아주머니　어서 오세요. 뭘 드릴까요?

이 준 기　아주머니, 이 사과는 한 개에 얼마예요?

아주머니　그 사과는 한 개에 오백 원이에요.

이 준 기　그 바나나는 한 송이에 얼마예요?

아주머니　이 바나나는 한 송이에 이천 원이에요.

이 준 기　사과 두 개하고 바나나 두 송이 주세요.

아주머니　여기 있어요. 모두 오천 원이에요.

이 준 기　안녕히 계세요.

아주머니　감사합니다. 안녕히 가세요.

가　어서 오세요. 뭘 드릴까요?

나　아주머니, ＿＿＿＿＿은/는 ＿＿＿＿＿에 얼마예요?

가　＿＿＿＿＿은/는 ＿＿＿＿에 ＿＿＿＿이에요.

나　＿＿＿＿＿은/는 ＿＿＿＿에 얼마예요?

가　＿＿＿＿은/는 ＿＿＿에 ＿＿＿＿이에요.

나　＿＿＿＿하고 ＿＿＿＿＿＿ 주세요.

가　여기 있어요. 모두 ＿＿＿＿＿＿＿＿이에요.

나　안녕히 계세요.

가　감사합니다. 안녕히 가세요.

돈 錢

십 원 十元

오십 원 五十元

백 원 一百元

오백 원 五百元

천 원 一千元

오천 원 五千元

만 원 一萬元

오만 원 五萬元

傳統氣息濃厚的街道──三清洞

位於遺韻深厚的朝鮮王朝城郭之間的三清洞，

是韓國傳統住宅韓屋密集的地方

蜿蜒而狹長的小巷讓人很難相信身處城市中心。

漫步小巷，年代久遠的牆壁和歷史悠久的

老店彷彿都在對遊客深情款款地訴說著什麼。

在石牆綿延的小巷裡，

不妨找一家獨特而雅致的咖啡館坐下來悠閑地喝杯咖啡！

此外，也不要錯過著名設計師們利用

韓屋改造而成的工房

和那些展示精美藝術品的畫廊喔！

오늘은 며칠이에요?

今天是幾號？

學習目標

情景
日期和星期的表達
詞彙
天氣
星期
語法
N은/는 며칠이에요?
N이/가 언제예요?
N은/는 무슨 N예요/
이에요?

이준기 　비비엔 씨, 오늘은 며칠이에요?

비비엔 　오늘은 9월 28일이에요.

이준기 　오늘은 무슨 요일이에요?

비비엔 　오늘은 목요일이에요.

이준기 　그럼, 비비엔 씨 생일이 언제예요?

비비엔 　제 생일은 10월 9일이에요.

오늘은[오느른/onɯrɯn]　　며칠이에요[며치리에요/mjʌtsʰiriejo]

이십팔 일이에요[이:십파리리에요/i:ɕippʰaririejo]　　목요일이에요[모교이리에요/mogjoiriejo]

무슨 요일[무슨뇨일/musɯnɲoil]

談論星期時，大多數國家都按「星期日、星期一、星期二……星期六」的順序，而在韓國卻是按「星期一、星期二、星期三……星期日」的順序。但月曆卻跟其他國家一樣，是按照「星期日、星期一…」的順序排列的。因為一般都是從星期一開始工作，所以把星期一作為一週的開始。

어휘와 표현 單詞及表達

01 해 年

년 年	작년 去年
올해 今年	내년 明年
몇 년 幾年	

02 달 月

일월 一月	이월 二月
삼월 三月	사월 四月
오월 五月	유월 六月
칠월 七月	팔월 八月
구월 九月	시월 十月
십일월 十一月	십이월 十二月
몇 월 幾月	지난달 上個月
이번 달 這個月	다음 달 下個月

03 날 天

그저께 前天	어제 昨天
오늘 今天	내일 明天
모레 後天	매일 每天
며칠 幾天	

04 주 週

월요일 星期一		화요일 星期二	
수요일 星期三		목요일 星期四	
금요일 星期五		토요일 星期六	
일요일 星期日		무슨 요일 星期幾	
지난주 上週		이번 주 這週	
다음 주 下週		주말 週末	

05 기타 1 其他 1

책 書

카푸치노 卡布奇諾

시험 考試

수료식 結業典禮/閉幕式

방학 放假

견학 校外教學

어! 哦?

인터뷰 面試/採訪

오리엔테이션 新生（新進職員）訓練

06 기타 2 其他 2

언제 什麼時候

달력 月曆

한글날 韓文節

한국어 책 韓文書

영어 책 英文書

생일 生日

생일 축하합니다 生日快樂

연음 법칙(連音法則)

발 음 규 칙 發 音 規 則

有收音的音節後面是以元音開頭的音節時，其收音到後面音節充當輔音。

$$오늘은 ⇒ [오느른]$$

며칠이에요[며치리에요/mjʌtsʰiriejo]

일월[이뤌/irwʌl]

이십팔 일이에요[이:십파리리에요/i:çippʰaririejo]

목요일[모교일/mogjoil]

문법 語法

01 N은/는 며칠이에요?
N은/는 ~월 ~일이에요

오늘은 며칠이에요?

오늘은 5월 8일이에요.

내일은 며칠이에요?

내일은 10월 20일이에요.

토요일은 며칠이에요?

토요일은 12월 25일이에요.

02 N이/가 언제예요?
N은/는 ~월 ~일이에요

생일이 언제예요?

제 생일은 1월 5일이에요.

시험이 언제예요?

시험은 6월 10일이에요.

한글날이 언제예요?

한글날은 10월 9일이에요.

03 N은/는 무슨 N예요/이에요?
N은/는 N예요/이에요

오늘은 무슨 요일이에요?

오늘은 수요일이에요.

이것은 무슨 커피예요?

그것은 카푸치노예요.

저것은 무슨 책이에요?

저것은 한국어 책이에요.

|活用練習| 填空

N	N월 N일이에요
5. 8	오월 팔일이에요
6. 6	
7. 7	
8. 15	
9. 30	
10. 5	

회화 연습 會話練習

仿照例句做練習。

 오늘

이준기 : 비비엔 씨, 오늘은 며칠이에요?
비비엔 : 오늘은 9월 28일이에요.

오늘

가 : 오늘은 며칠이에요?
나 : 오늘은 _____이에요.

 오늘

가 : _____?
나 : _____.

 내일

가 : _____?
나 : _____.

 모레

가 : _____?
나 : _____.

02 생일이 언제예요?

仿照例句做練習。

6월 10일 생일	이준기 : 비비엔 씨, 생일이 언제예요? 비비엔 : 제 생일은 6월 10일이에요.	

10월 20일 시험

가 : 시험이 언제예요?

나 : 시험은 _____이에요.

12월 28일 수료식

가 : _____?

나 : _____.

7월 23일 방학

가 : _____?

나 : _____.

2월 27일 오리엔테이션

가 : _____?

나 : _____.

03 **오늘은 무슨 요일이에요?**　　　　　　　今天星期幾?

仿照例句做練習。

오늘
월요일

이준기 : 오늘은 무슨 요일이에요?
비비엔 : 오늘은 월요일이에요.

내일
화요일

가 : 내일은 무슨 요일이에요?
나 : 내일은 _____이에요.

모레
수요일

가 : _____?
나 : _____.

7월 3일
일요일

가 : _____?
나 : _____.

오늘
토요일

가 : _____?
나 : _____.

듣기 연습 聽力練習

01 날짜 받아쓰기 1 聽寫日期 1

CD會連放兩次。請仔細聽並寫下來。

로이 : 오늘은 며칠이에요?

비비엔 : 오늘은 5월 5일이에요.

정답 : 오늘은 5월 5일이에요.

1. ＿＿＿＿＿＿＿은/는 ＿＿＿＿＿＿＿이에요.

2. ＿＿＿＿＿＿＿은/는 ＿＿＿＿＿＿＿이에요.

3. ＿＿＿＿＿＿＿은/는 ＿＿＿＿＿＿＿이에요.

02 날짜 받아쓰기 2 聽寫日期 2

로이 : 비비엔 씨 생일이 언제예요?

비비엔 : 제 생일은 5월 8일이에요.

정답 : 제 생일은 5월 8일이에요.

1. ＿＿＿＿＿＿＿은/는 ＿＿＿＿＿＿＿이에요.

2. ＿＿＿＿＿＿＿은/는 ＿＿＿＿＿＿＿이에요.

3. ＿＿＿＿＿＿＿은/는 ＿＿＿＿＿＿＿이에요.

03 요일 받아쓰기　　　　　　　　　　　　　　　　　　聽寫星期

로이 : 내일은 무슨 요일이에요?

비비엔 : 내일은 월요일이에요.

정답 : 내일은 월요일이에요.

1. ＿＿＿＿＿＿＿은/는 ＿＿＿＿＿＿＿이에요.

2. ＿＿＿＿＿＿＿은/는 ＿＿＿＿＿＿＿이에요.

3. ＿＿＿＿＿＿＿은/는 ＿＿＿＿＿＿＿이에요.

| **생일 축하합니다 노래** | 生日快樂歌

생일 축하합니다.

생일 축하합니다.

사랑하는 ＿＿＿＿＿＿ 씨

생일 축하합니다.

▼
在韓國，過生日時必須吃一樣東西，那就是「海帶湯」。所以祝賀生日時除了說「生日快樂」外，還會問「吃海帶湯了嗎?」。

CD로 들어 보세요

이준기와 이야기하기 跟李準基聊天

|**날짜 · 요일 · 생일 묻기**| 對日期、星期、生日的提問

仔細聆聽CD，和李準基練習對話。

이준기	비비엔 씨, 오늘은 며칠이에요?
비비엔	오늘은 6월 20일이에요.
이준기	오늘은 월요일이에요?
비비엔	네, 오늘은 월요일이에요.
이준기	그럼, 비비엔 씨 생일은 언제예요?
비비엔	제 생일은 10월 9일이에요.
이준기	어? 10월 9일은 한글날이에요.
비비엔	아, 그렇군요!

▼
在韓國，10月9日是韓文
節。這一天是紀念世宗大王
頒布韓文的日子，也是為了
鼓勵韓文研究和普及韓文
而製定的韓國紀念日。

가	_____ 씨, _____?
나	오늘은 _____.
가	오늘은 _____?
나	네, _____.
	(아니요, _____.)
가	그럼, _____?
나	제 생일은 _____.
가	어? _____.
나	아, 그렇군요!

달력·요일 읽기 月曆、星期的讀法

用韓語說日期時，數字後面要加量詞「일」，就是「數字+日」。「一日」就是「1일」，「十日」就是「10일」。請利用下面的圖來練習讀法。

| 달력 읽기 | 月曆的讀法

|숫자+일| 數字+日

1일 일일 1日	2일 이일 2日	3일 삼일 3日
4일 사일 4日	5일 오일 5日	6일 육일 6日
7일 칠일 7日	8일 팔일 8日	9일 구일 9日
10일 십일 10日	11일 십일일 11日	12일 십이일 12日
13일 십삼일 13日	20일 이십일 20日	21일 이십일일 21日
30일 삼십일 30日	31일 삼십일일 31日	

|요일 읽기| 星期的讀法

星期天	星期一	星期二	星期三	星期四	星期五	星期六
일요일	월요일	화요일	수요일	목요일	금요일	토요일

|때를 나타내는 말| 時間的表達

		작년 去年	올해 今年	내년 明年	
		지난달 上個月	이번 달 這個月	다음 달 下個月	
		지난주 上週	이번 주 這週	다음 주 下週	
그저께 前天	어제 昨天	오늘 今天	내일 明天	모레 後天	

朝鮮王朝之街──光化門廣場

韓國重要的政府部門
及媒體的集中所在地──光化門是韓國的政治行政中心。
因此，這裡還經常可以看到舉行許多主張各種不同立場的集會。
歷史博物館和連接著清溪川和朝鮮王朝宮闕
──景福宮的這條大街遊行成為文化歷史紐帶。
在光化門廣場欣賞仁王山和北漢山美麗的自然風光的
同時，體驗一下韓國的歷史和文化吧！

忠武公李舜臣將軍像

지금 몇 시예요? 現在幾點了?

05

CD로 들어 보세요

벤 슨	실례지만, 지금 몇 시예요?
최지영	지금 3시 반이에요.
벤 슨	한국어 수업은 몇 시부터 몇 시까지예요?
최지영	한국어 수업은 9시부터 1시까지예요.
벤 슨	고맙습니다.

시간 묻고 답하기
對時間的問答

學習目標

情景
對時間的問答
詞彙
時間
公家機關
語法
시간 읽기
N부터 N까지

▼
向別人詢問時間或問問題時，別忘了說「실레지만(打擾了)」，「고맙습니다, 감사합니다(謝謝)」。

몇 시예요[몓씨예요/mjʌts'ijejo]　아홉 시[아홉씨/aɦopɕ'i]
고맙습니다[고:맙씀니다/ko:maps'ɯmɲida]　반이에요[바:니에요/pa:ɲiejo]
한국어 수업은[한:구거수어븐/ha:nɡuɡʌsuʌbɯn]

어휘와 표현 單詞及表達

01 때 時刻

시 點		시간 時間
분 分		초 秒
아침 早上		점심 中午
저녁 晚上		낮 白天
밤 晚上		지금 現在
정오 正午		반 半
오전 a.m. 上午		오후 p.m. 下午
전 前		~쯤(에) 大約/左右/大概

02 공공 기관 公家機關

도서관 圖書館
은행 銀行
우체국 郵局
출입국관리소 出入境管理局
학교 學校
병원 醫院

03 장소 場所

세탁소 洗衣店
학생 식당 學生餐廳
편의점 便利商店

중국집　中國餐廳

동대문시장　東大門市場

| **04** | **기타** | 其他 |

시계　時鐘

한국어 수업　韓語課

실례지만　打擾了

고맙습니다　謝謝

발·음·규·칙·發·音·規·則　　　　　　　　　　　　　　　　　경음화(緊音化)

輔音/ㄱ, ㄷ, ㅂ, ㅅ, ㅈ/在收音 ㄷ(ㅌ, ㅅ, ㅆ, ㅈ, ㅊ, ㅎ)後發緊音/ㄲ, ㄸ, ㅃ, ㅆ, ㅉ/。

몇시 ⇒ [멷씨]

ㄷ(ㅌ, ㅅ, ㅆ, ㅈ, ㅊ) +
ㄱ		ㄲ
ㄷ		ㄸ
ㅂ	⇒	ㅃ
ㅅ		ㅆ
ㅈ		ㅉ

햇빛[핻삗/hɛtpʼit]
있다[읻따/i(t)tʼa]

같고[갇꼬/katkʼo]
맞지만[맏찌만/ma(t)tsʼiman]

문법 語法

01 시간 읽기

|시| 時

1	2	3	4	5
한 시	두 시	세 시	네 시	다섯 시
6	7	8	9	10
여섯 시	일곱 시	여덟 시	아홉 시	열 시
11	12	?		
열한 시	열두 시	몇 시		

|분| 分

1	2	3	4
일 분	이 분	삼 분	사 분
5	6	7	8
오 분	육 분	칠 분	팔 분
9	10	11	12
구 분	십 분	십일 분	십이 분
15	20	25	30
십오 분	이십 분	이십오 분	삼십 분/반
35	40	45	50
삼십오 분	사십 분	사십오 분	오십 분
55	60	?	
오십오 분	육십 분	몇 분	

▼
時間
1시간(한 시간)
2시간(두 시간)
10시간(열 시간)
2시간 30분(두 시간 삼십 분.
　　　　　두 시간 반)
24시간(이십사 시간)
? 몇 시간

09 : 00
아홉 시

04 : 30
네 시 삼십 분,
네 시 반

07 : 55
일곱 시 오십오 분,
여덟 시 오 분 전

10 : 00
오전 열 시

22 : 00
밤 열 시

02 N부터 N까지

從N到N

「～부터 ～까지」只用於時間而不用於場所，表達場所時用「～에서 ～까지」。

1시~2시	1시부터 2시까지예요.
아침~저녁	아침부터 저녁까지예요.
오늘~내일	오늘부터 내일까지예요.

▼
서울~부산
서울부터 부산까지 (×)
서울에서 부산까지 (○)
집~학교
집부터 학교까지 (×)
집에서 학교까지 (○)

회화 연습 會話練習

仿照例句做練習。

벤슨 : 실례지만, 지금 몇 시예요?
최지영 : 지금 열한 시예요.
벤슨 : 고맙습니다.

가 : 실례지만, 지금 몇 시예요?
나 : 지금 ＿＿＿＿＿＿＿＿＿＿＿＿＿예요.
가 : 고맙습니다.

가 : ＿＿＿＿＿＿＿＿＿＿＿＿＿＿?
나 : ＿＿＿＿＿＿＿＿＿＿＿＿＿＿.
가 : ＿＿＿＿＿＿＿＿＿＿＿＿＿＿.

가 : ＿＿＿＿＿＿＿＿＿＿＿＿＿＿?
나 : ＿＿＿＿＿＿＿＿＿＿＿＿＿＿.
가 : ＿＿＿＿＿＿＿＿＿＿＿＿＿＿.

가 : ＿＿＿＿＿＿＿＿＿＿＿＿＿＿?
나 : ＿＿＿＿＿＿＿＿＿＿＿＿＿＿.
가 : ＿＿＿＿＿＿＿＿＿＿＿＿＿＿.

02 　**수업은 9시부터 1시까지예요.**　　　　　　　從九點到一點上課。

仿照例句做練習。

한국어 수업

벤슨 : 실례지만, 수업은 몇 시부터
　　　　몇 시까지예요?
최지영 : 수업은 9시부터 1시까지예요.
벤슨 : 고맙습니다.

우체국

가 : 실레지만, ＿＿＿＿＿은/는 몇 시부터
　　　몇 시까지예요?
나 : ＿＿＿＿＿은/는 ＿＿＿＿＿＿＿＿예요.
가 : 고맙습니다.

은행

가 : ＿＿＿＿＿＿＿＿＿＿＿＿＿＿＿＿？
나 : ＿＿＿＿＿＿＿＿＿＿＿＿＿＿＿＿.
가 : ＿＿＿＿＿＿＿＿＿＿＿＿＿＿＿＿.

출입국관리소

가 : ＿＿＿＿＿＿＿＿＿＿＿＿＿＿＿＿？
나 : ＿＿＿＿＿＿＿＿＿＿＿＿＿＿＿＿.
가 : ＿＿＿＿＿＿＿＿＿＿＿＿＿＿＿＿.

병원

가 : ＿＿＿＿＿＿＿＿＿＿＿＿＿＿＿＿？
나 : ＿＿＿＿＿＿＿＿＿＿＿＿＿＿＿＿.
가 : ＿＿＿＿＿＿＿＿＿＿＿＿＿＿＿＿.

듣기 연습 聽力練習

01 시간 묻고 답하기 　　　對時間的問答

CD會連放兩次。請仔細聽並寫下來。

벤슨 : 실례지만, 지금 몇 시예요?
최지영 : 지금 열한 시예요.
벤슨 : 감사합니다.
정답 : 지금 11 : 00예요.

1. 지금 ＿＿＿＿＿＿＿＿예요/이에요.

2. 지금 ＿＿＿＿＿＿＿＿예요/이에요.

3. 지금 ＿＿＿＿＿＿＿＿예요/이에요.

4. 지금 ＿＿＿＿＿＿＿＿예요/이에요.

模仿本文先寫時間，之後
請選擇 '예요/이에요'。

02 영업 시간 묻고 답하기 　　　對營業時間的問答

벤슨 : 실례지만, 한국어 수업은 몇 시부터 몇 시까지예요?
최지영 : 한국어 수업은 9시부터 1시까지예요.
벤슨 : 고맙습니다.
정답 : 한국어 수업은/는 9시부터 1시까지예요.

1. ＿＿＿＿＿은/는 ＿＿＿＿＿＿부터 ＿＿＿＿＿＿＿까지예요.

2. ＿＿＿＿＿은/는 ＿＿＿＿＿＿부터 ＿＿＿＿＿＿＿까지예요.

3. ＿＿＿＿＿은/는 ＿＿＿＿＿＿부터 ＿＿＿＿＿＿＿까지예요.

4. ＿＿＿＿＿은/는 ＿＿＿＿＿＿이에요.

이준기와 이야기하기 跟李準基聊天

|시간·영업 시간 묻고 답하기| 對時間、營業時間的問答

仔細聆聽CD，和李準基練習對話。

리 리	실례지만, 지금 몇 시예요?
이준기	지금 2시 45분이에요.
리 리	은행은 몇 시부터 몇 시까지예요?
이준기	은행은 9시부터 4시까지예요.
리 리	동대문시장은 몇 시부터 몇 시까지예요?
이준기	동대문시장은 오후 5시부터 오전 5시까지예요.
리 리	감사합니다.

가　실례지만, 지금 몇 시예요?

나　지금 ＿＿＿＿＿＿＿＿＿＿이에요.

가　＿＿＿＿은/는 ＿＿＿＿＿＿＿＿예요?

나　＿＿＿＿은/는 ＿＿＿＿＿＿＿＿예요.

가　＿＿＿＿＿은/는 ＿＿＿＿＿＿＿＿예요?

나　＿＿＿＿＿은/는 ＿＿＿＿＿＿＿＿예요.

가　감사합니다.

은행 銀行
(09:00~16:00)

우체국 郵局
(09:00~18:00)

백화점 百貨公司
(10:30~19:30)

한국어 수업 韓國語課
(09:00~13:00)

도서관 圖書館
(05:00~24:00)

중국집 中國餐廳
(11:00~21:00)

동대문시장 東大門市場
(17:00~05:00)

출입국관리소 出入境管理局
(09:00~17:00)

우리 집은 신촌에 있어요

我家在新村

06

學習目標

情景
位置的表達
詞彙
位置，場所
語法
여기/거기/저기/어디
N이/가 어디에 있어요?
N은/는 N에 있어요

CD로 들어 보세요

최지영   로이 씨 집이 어디예요?

로 이   우리 집은 신촌에 있어요.

최지영   로이 씨 집은 몇 층에 있어요?

로 이   우리 집은 4층이에요.

최지영   집에 주차장이 있어요?

로 이   네, 주차장이 있어요.

최지영   엘리베이터가 있어요?

로 이   아니요, 엘리베이터는 없어요.

在韓國，和「나（我）」比起來，「우리（我們）」更常用。所以不說「내집（我家）」，而說「우리집（我們家）」，同樣地可說「우리가족（我們的家族）」，「우리동네（我們村）」，「우리나라（我們國家）。」這可以說是自古流傳下來的韓國人共同體意識，共同體文化的一種語言習慣。

집이[지비/tsibi]   집은[지븐/tsibɯn]   신촌에[신초네/ɕints^{h}one]
있어요[이써요/i(t)s'ʌjo]   없어요[업:써요/ə:ps'ʌjo]

어휘와 표현 單詞及表達

01 위치 位置

| 왼쪽 | 오른쪽 | 위 | 아래/밑 |

| 앞 | 뒤 | 안/속 | 밖 |

| 옆 | 사이 | 근처 | 건너편/맞은편 |

▼
韓國人不喜歡數字「4」，因為和「死」字的發音相同。所以坐電梯時有時會發現沒有「4樓」或用「F」代替。而絕對不用標記「四樓」的地方，就是醫院了。在你們的國家，人們喜歡哪些數字？討厭哪些數字呢？

02 ~층 ~樓

지하 1층 地下1樓	1층 1樓
2층 2樓	3층 3樓
4층 4樓	5층 5樓
6층 6樓	7층 7樓
8층 8樓	9층 9樓
10층 10樓	몇 층 幾樓

03 동네에서 在社區

꽃 가게 花店   미용실 美容院
공원 公園   커피숍 咖啡店
주유소 加油站
슈퍼마켓/슈퍼 超市

04 집/아파트에서 在家/公寓

집 家   아파트 公寓
방 房間   화장실 洗手間
거실 客廳   부엌 廚房
현관 玄關   주차장 停車場
엘리베이터 電梯   에스컬레이터 手扶梯
계단 樓梯   창문 窗戶

05 기타 其他

실례합니다 打擾了   우리 我們
텔레비전 電視   컴퓨터 電腦
책상 書桌   의자 椅子
신촌 新村   한남동 漢南洞
휴지통 垃圾桶
아무것/아무것도 什麼/什麼也

문법 語法

01 여기/거기/저기/어디

這裡/那裡/那裡/哪裡

여기	거기	저기	어디

화장실은 여기에 있어요.
편의점은 거기에 있어요.

병원은 저기에 있어요.
계단은 어디에 있어요?

在場所範圍廣的情況下「여기」和「거기」可以互換。在打電話詢問對方位置或與對方有一段距離時，要注意區分「여기」和「거기」的使用。

02 N이/가 어디에 있어요?

N在哪裡?

名詞的最後一個音節有收音時，用「N이 어디에 있어요?」，沒有收音時，用「N가 어디에 있어요?」。

슈퍼마켓이 어디에 있어요?

꽃 가게가 어디에 있어요?

컴퓨터가 어디에 있어요?

03 N은/는 N에 있어요
N은/는 N에 없어요

N在N
N不在N

슈퍼마켓은 공원 건너편에 있어요.
슈퍼마켓은 공원 건너편에 없어요.

꽃 가게는 오른쪽에 있어요.
꽃 가게는 오른쪽에 없어요.

컴퓨터는 책상 위에 있어요.
컴퓨터는 책상 위에 없어요.

|活用練習|填空

왼쪽 ( ) 위 ( )

( ) ( ) 안/속 ( )

옆 ( ) 근처 건너편/맞은편

회화 연습 會話練習

01 엘리베이터가 어디에 있어요?   電梯在哪裡?

仿照例句做練習。

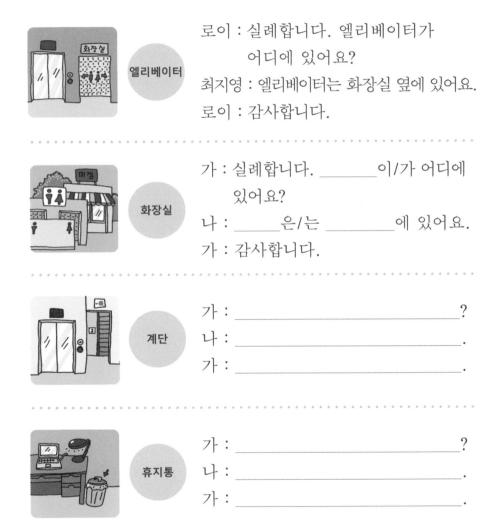

엘리베이터

로이 : 실례합니다. 엘리베이터가
       어디에 있어요?
최지영 : 엘리베이터는 화장실 옆에 있어요.
로이 : 감사합니다.

화장실

가 : 실례합니다. _____이/가 어디에
     있어요?
나 : _____은/는 _____에 있어요.
가 : 감사합니다.

계단

가 : _____?
나 : _____.
가 : _____.

휴지통

가 : _____?
나 : _____.
가 : _____.

구두

가 : _____?
나 : _____.
가 : _____.

02 **커피숍은 공원 옆에 있어요.**   咖啡店在公園旁邊。

仿照例句做練習。

로이 : 실례합니다.
　　　 커피숍이 어디에 있어요?
최지영 : 커피숍은 공원 옆에 있어요.
로이 : 감사합니다.

가 : 실례합니다. ＿＿＿＿＿이/가 어디에
　　　 있어요?
나 : ＿＿＿＿＿은/는 ＿＿＿＿＿에 있어요.
가 : 감사합니다.

가 : ＿＿＿＿＿＿＿＿＿＿＿＿＿＿＿?
나 : ＿＿＿＿＿＿＿＿＿＿＿＿＿＿＿.   은행
가 : ＿＿＿＿＿＿＿＿＿＿＿＿＿＿＿.

가 : ＿＿＿＿＿＿＿＿＿＿＿＿＿＿＿?
나 : ＿＿＿＿＿＿＿＿＿＿＿＿＿＿＿.   꽃 가게
가 : ＿＿＿＿＿＿＿＿＿＿＿＿＿＿＿.

가 : ＿＿＿＿＿＿＿＿＿＿＿＿＿＿＿?
나 : ＿＿＿＿＿＿＿＿＿＿＿＿＿＿＿.   주유소
가 : ＿＿＿＿＿＿＿＿＿＿＿＿＿＿＿.

03 엘리베이터는 계단 옆에 있어요. 電梯在樓梯旁邊。

仿照例句做練習。

 엘리베이터 옆
계단

로이 : 엘리베이터 옆에 계단이 있어요?
최지영 : 네, 엘리베이터 옆에
　　　　계단이 있어요.

 로이 책상 위
책

가 : 로이 씨 책상 위에 책이 있어요?
나 : 아니요, 로이 씨 책상 위에
　　책이 없어요.

 비비엔 뒤
퍼디

가 : ＿＿＿＿＿＿＿＿＿＿＿？
나 : ＿＿＿＿＿＿＿＿＿＿＿.

책상 위
컴퓨터

가 : ＿＿＿＿＿＿＿＿＿＿＿？
나 : ＿＿＿＿＿＿＿＿＿＿＿.

 가방 안
옷

가 : ＿＿＿＿＿＿＿＿＿＿＿？
나 : ＿＿＿＿＿＿＿＿＿＿＿.

04 **커피숍이 몇 층에 있어요?**   咖啡廳在幾樓？

仿照例句做練習。

로이 : 실례합니다. 커피숍이
          몇 층에 있어요?
최지영 : 커피숍은 5층에 있어요.
로이 : 감사합니다.

커피숍

냉장고

가 : 실례합니다. _____이/가 몇 층에
       있어요?
나 : _____ 은/는 _____에 있어요.
가 : 감사합니다.

가 : _____?
나 : _____.   화장실
가 : _____.

가 : _____?
나 : _____.   지갑
가 : _____.

가 : _____?
나 : _____.   주차장
가 : _____.

듣기 연습 聽力練習

---

01 장소 찾기 找場所

CD會連放兩次。請仔細聽並寫下來。

로이 : 실례합니다. 영화관이 어디에 있어요?
최지영 : 영화관은 공원 앞에 있어요.
로이 : 고맙습니다.
정답 : 영화관, 공원

1. 은행 銀行
가 : 실례합니다. _____이 어디에 있어요?
나 : 은행은 _____하고 _____ 사이에 있어요.
가 : 고맙습니다.

2. 과일 가게   水果店

가 : 실례합니다. _____가 어디에 있어요?

나 : 과일 가게는 _____ 앞에 있어요.

가 : 고맙습니다.

3. 식당   餐廳

가 : 실례합니다. _____이 어디에 있어요?

나 : 식당은 _____ 옆에 있어요.

가 : 고맙습니다.

4. 슈퍼마켓   超市

가 : 실례합니다. _____이 어디에 있어요?

나 : 슈퍼마켓은 _____하고 _____ 사이에 있어요.

가 : 고맙습니다.

5. 병원   醫院

가 : 실례합니다. _____이 어디에 있어요?

나 : 병원은 _____ 옆에 있어요.

가 : 고맙습니다.

6. 주유소   加油站

가 : 실례합니다. _____가 어디에 있어요?

나 : 주유소는 _____ 옆에 있어요.

가 : 고맙습니다.

CD로 들어 보세요

이준기와 이야기하기 跟李準基聊天

|**세계의 유명한 곳 물어보기**| 詢問世界名勝

仔細聆聽CD，和李準基練習對話。

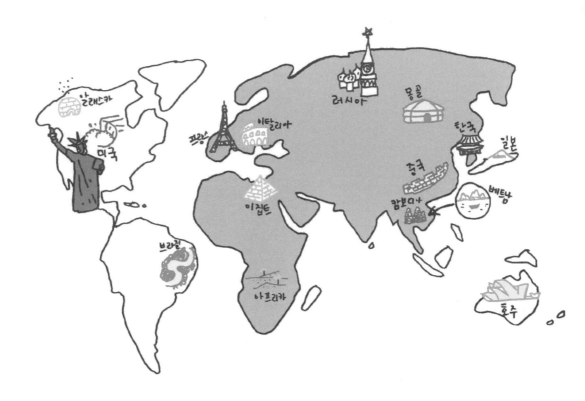

이 준 기   스테파니 씨,

오페라 하우스가 어디에 있어요?

스테파니   오페라 하우스는 시드니에 있어요.

이 준 기   피라미드가 어디에 있어요?

스테파니   피라미드는 이집트에 있어요.

이 준 기   에펠 탑이 독일에 있어요?

스테파니   아니요, 에펠 탑은 프랑스에 있어요.

이 준 기   감사합니다.

	한국 韓國	숭례문 崇禮門		일본 日本	후지 산 富士山
	중국 中國	만리장성 萬里長城		캄보디아 柬埔寨	앙코르 와트 吳哥窟
	베트남 越南	하롱베이 下龍灣		호주 澳洲	오페라 하우스 雪梨歌劇院
	이집트 埃及	피라미드 金字塔		러시아 俄羅斯	크렘린 궁 克里姆林宮
	몽골 蒙古	게르 蒙古包		이탈리아 義大利	피사의 사탑 比薩斜塔
	프랑스 法國	에펠 탑 艾菲爾鐵塔		알래스카 阿拉斯加	이글루 冰屋
	미국 美國	자유의 여신상 自由女神像		캐나다 加拿大	나이아가라 폭포 尼加拉瀑布
	브라질 巴西	아마존 강 亞馬遜河		아프리카 非洲	사하라 사막 撒哈拉沙漠

가 _____ 씨, _____이/가 어디에 있어요?

나 _____은/는 _____ 에 있어요.

가 _____이/가 어디에 있어요?

나 _____은/는 _____에 있어요.

가 _____이/가 _____에 있어요?

나 아니요, _____은/는 _____에 있어요.

가 감사합니다.

韓國的常春藤──新村

新村──延世大學、梨花女子大學、
西江大學等韓國的著名大學都集中於此。
街上有各種不同風格的咖啡店，
有忙著寫作業的大學生、有校園情侶、熱鬧非凡。
每條街上隨處可見學生們穿著各自大學的服裝，
這就是洋溢著青春和熱情的新村，
是韓國年輕的知識分子孕育各自夢想的韓國常春藤。
讓我們和韓國年輕的知識分子一起，
來憧憬一次自己美好的未來吧！

저는 오늘 영화를 봅니다

我今天去看電影

07

學習目標

情景
對日程的問答
詞彙
動詞 1，2，3-基本動詞
語法
N을/를 V-ㅂ/습니까?
N을/를 V-ㅂ/습니다
N을/를 V-지 않습니다
N에
N도

CD로 들어 보세요

다이애나 이준기 씨, 오늘 무엇을 합니까?

이준기 저는 오늘 영화를 봅니다.

　　　　　다이애나 씨는 오늘 무엇을 합니까?

다이애나 저는 오늘 한국어를 공부합니다.

이준기 내일도 한국어를 공부합니까?

다이애나 아니요, 주말에는 한국어를 공부하지

　　　　　않습니다. 친구를 만납니다.

현在，在韓國，像「CGV株式會社」，「百萬箱」這種集電影院、購物中心、服裝城、餐飲業等為一體的多功能的「一體式」大樓非常受到歡迎。在這個被稱為「多媒體放映館」的空間裡，可以觀賞電影，購物，吃飯，已經成為年輕人新的文化空間。

무엇을[무어슬/muʌsɯl]　　합니까[함니까/hamɲik'a]　　봅니다[봄니다/bomɲida]

한국어를[한·구거를/ha:ngugʌrɯl]　　주말에[주마레/tsumare]

만납니다[만남니다/mannamɲida]

CD로 들어 보세요

어휘와 표현 單詞及表達

01 동사 1 어간에 받침이 있는 동사 　　　動詞 1 詞幹有收音的動詞

먹다　吃

읽다　讀

듣다　聽

02 동사 2 어간에 받침이 없는 동사 　　　動詞 2 詞幹沒有收音的動詞

보다　看/見

(그림을) 그리다　畫畫

마시다　喝

요리하다　做菜

숙제하다　做作業

배우다　學

청소하다　打掃

가르치다　教

노래하다　唱歌

잠을 자다　睡覺

운동하다　運動（做運動）

03 동사 3 어간에 'ㄹ'받침이 있는 동사 　　　動詞 3 詞幹有「ㄹ」收音的動詞

만들다 做

살다 住/生活

04 기타 　　　其他

일정 日程

밥 飯

영화 촬영 拍電影

비음화(鼻音化)

발 음 규 칙 發 音 規 則

收音/ㅂ, ㄷ, ㄱ/在響音/鼻音/ㄴ, ㅁ, ㅇ/前變成響音/ㅁ, ㄴ, ㅇ/。

합니까 ⇒ [함니까]

봅니다[봄니다/bomɲida]　　　만납니다[만남니다/mannamɲida]
않습니다[안씀니다/ansˈumɲida]　　배웁니다[배움니다/pɛumɲida]

문법 語法

01 N을/를 V-ㅂ/습니까?

動詞直接涉及的對象詞（受詞）後面加「을/를」，受詞（名詞）的最後一個音節有收音時加「을」，沒收音的時候加「를」。

리리 씨는 한국어를 공부합니까?

비비엔 씨는 일요일에 친구를 만납니까?

로이 씨는 커피를 마십니까?

02 N을/를 V-ㅂ/습니다
N을/를 V-지 않습니다

動詞的否定型表達只需在動詞基本型中去掉「–다」加「V–지 않습니다」即可。

네, 한국어를 공부합니다.
아니요, 한국어를 공부하지 않습니다.

네, 일요일에 친구를 만납니다.
아니요, 일요일에 친구를 만나지 않습니다.

說明 |「V-ㅂ/습니다」的結合方式|

動詞加「V-ㅂ/습니다」時，去掉動詞基本型後面的「-다」，詞幹最後一個音節沒有收音時，在詞幹後加「-ㅂ니다」詞幹最後一個音節有收音時，在詞幹「-습니다」詞幹最後一個音節的收音是「ㄹ」時，去掉收音「ㄹ」，直接加「-ㅂ니다」。

沒有收音時：가다 + ㅂ니다 ⇒ 갑니다
有收音時：먹다 + 습니다 ⇒ 먹습니다
收音是「ㄹ」時：살다 + ㅂ니다 ⇒ 삽니다

03 N에(시간의 '에') N에 (時間助詞「에」)

「～에」用在時間（時候）詞後面，但在「今天（昨天、前天、明天、後天）」等時間詞後面則不能用。(例:내일에×, 매일에×)

언제 ~을/를 ~ㅂ/습니까?
~에 ~을/를 ~ㅂ/습니다.

언제 밥을 먹습니까?
7시에 밥을 먹습니다.

언제 친구를 만납니까?
주말에 친구를 만납니다.

언제 한국어를 공부합니까?
내일 한국어를 공부합니다.

04 N도

N也

스테파니 씨는 한국어를 공부합니다.
로베르토 씨도 한국어를 공부합니다.

다이애나 씨는 라면을 먹습니다.
퍼디 씨도 라면을 먹습니다.

저는 목요일에 학교에 갑니다.
저는 금요일에도 학교에 갑니다.

|活用練習|填空

原型	V-ㅂ/습니까?	V-ㅂ/습니다	V-지 않습니다
가르치다	가르칩니까?	가르칩니다	가르치지 않습니다
배우다	배웁니까?	배웁니다	
마시다		마십니다	마시지 않습니다
쓰다	씁니까?		
만나다		만납니다	
먹다	먹습니까?		먹지 않습니다

회화 연습 會話練習

01 지금 무엇을 합니까?　　　　　　　　　現在在做什麼?

仿照例句做練習。

 다이애나

이준기 : 이애나 씨, 지금 무엇을
　　　　합니까?
다이애나 : 저는 지금 한국어를
　　　　　공부합니다.

로이

가 : _____, 지금 무엇을 합니까?
나 : 저는 _____.

비비엔

가 : _____?
나 : _____.

왕샤위

가 : _____?
나 : _____.

퍼디

가 : _____?
나 : _____.

02 언제 한국어를 공부합니까? 什麼時候學習韓語?

仿照例句做練習。

수요일

이준기 : 다이애나 씨, 언제 한국어를
　　　　공부합니까?
다이애나 : 저는 수요일에 한국어를
　　　　공부합니다.

주말

가 : 언제 친구를 만납니까?
나 : 저는 ＿＿＿＿＿＿＿＿＿＿＿.

아침

가 : ＿＿＿＿＿＿＿＿＿＿＿?
나 : ＿＿＿＿＿＿＿＿＿＿＿.

잠자기 전

가 : ＿＿＿＿＿＿＿＿＿＿＿?
나 : ＿＿＿＿＿＿＿＿＿＿＿.

토요일
일요일

가 : ＿＿＿＿＿＿＿＿＿＿＿?
나 : ＿＿＿＿＿＿＿＿＿＿＿.

03 오늘 책을 읽습니까?　　　　　　　　今天讀書嗎?

仿照例句做練習。

오늘
책을 읽다 ○

이준기 : 다이애나 씨, 오늘 책을
　　　　읽습니까?

다이애나 : 네, 책을 읽습니다.

오늘
영화를 보다 X
친구를
만나다 ○

이준기 : 다이애나 씨, 오늘 영화를
　　　　봅니까?

다이애나 : 아니요, 영화를 보지 않습니다.
　　　　　친구를 만납니다.

이준기
피자를
먹다 ○

가 : _____ ?
나 : _____ .

벤슨
책을 읽다 X
텔레비전을
보다 ○

가 : _____ ?
나 : _____ .
　　 _____ .

왕샤위
영화를 보다 X
음악을
듣다 ○

가 : _____ ?
나 : _____ .
　　 _____ .

이준기와 이야기하기 跟李準基聊天

|일정 묻고 답하기| 對日程的問答

仔細聆聽CD，和李準基練習對話。

이 준 기   다이애나 씨, 지금 무엇을 합니까?

다이애나   저는 지금 책을 읽습니다.

이 준 기   다이애나 씨, 내일은 무엇을 합니까?

다이애나   저는 내일 영화를 봅니다.

이 준 기   그럼, 주말에는 무엇을 합니까?

다이애나   주말에는 친구를 만납니다.

가   _____ 씨, 지금 무엇을 합니까?

나   저는 지금 _____.

가   _____ 씨, 내일은 무엇을 합니까?

나   저는 내일 _____.

가   그럼, 주말에는 무엇을 합니까?

나   _____.

|이준기의 일주일 일정| 李準基的一週日程
大家也學李準基一樣擬訂一下自己一週的計劃吧！

월요일 중국어를 공부하다
화요일 중국어를 공부하다
수요일 영화 촬영을 하다
목요일 책을 읽다
금요일 중국어를 공부하다
토요일/일요일 친구를 만나다

저는 월요일하고 화요일에 중국어를 공부합니다.

금요일에도 중국어를 공부합니다.

수요일에는 중국어를 공부하지 않습니다.

영화 촬영을 합니다.

목요일에는 책을 읽습니다.

그리고 주말에는 친구를 만납니다.

地下文化的聖地 ── 弘大

以美術而聞名的弘益大學為中心所形成的弘大前街，

是韓國地下文化的聖地。

獨具特色的酒吧和咖啡館，以及絢麗的宣傳畫報點綴的小巷裡，

總是聚集著渴望自由的年輕人。

這裡常年上有各種規模的表演。

風和月麗的週末，

去體驗一下以夜市和跳蚤市場聞名的弘大前街的藝術文化吧！

此外每個月還有一天是可以欣賞風格多樣的舞蹈和品嚐音樂的酒吧日，

可千萬不要錯過啊！

주말에 명동에 갑니다

週末去明洞

學習目標

情景
談論週末計劃
詞彙
動詞 4-往來
動詞 5-購物
語法
N은/는 N에 가다/오다
N은/는 N에서 N을/를
V-ㅂ/습니다
V-고 V

CD로 들어 보세요

최지영 퍼디 씨, 주말에 어디에 갑니까?

퍼 디 저는 주말에 명동에 갑니다.

최지영 명동에서 무엇을 합니까?

퍼 디 명동에서 영화를 봅니다.
         최지영 씨는 주말에 무엇을 합니까?

최지영 저는 도서관에 갑니다.

퍼 디 도서관에서 무엇을 합니까?

최지영 도서관에서 책을 읽고 인터넷을 합니다.

韓國作為觀光網路通訊發達的資訊科技大國，不論什麼時間什麼地方，上網都很方便，在圖書館、公家機關、地鐵站等場所均能上網。即使家裡沒有電腦，也可以到附近的網咖上網。

갑니까[감니까/kamɲikʼa]   도서관에[도서과네/tosʌgwane]   책을[채글/tsʰɛgɯl]
무엇을[무어슬/muʌsɯl]   인터넷을[인터네슬/intʰʌnesɯl]   읽고[일꼬/ilkʼo]

어휘와 표현 單詞及表達

01 동사 4 　　　　　　　　　　　　　　　　　　　　　　動詞 4

N에 가다　去……

내리다　下降/下車

N에 오다　來……

갈아타다　轉乘

걷다　走

건너다　過（馬路）

달리다　跑/飛馳

운전하다　開車/駕駛

타다　坐（車、船、飛機等）

02 동사 5 　　　　　　　　　　　　　　　　　　　　　　動詞 5

사다　買

고르다　挑/選

팔다　賣

쇼핑하다　購物

바꾸다　換

인터넷하다　上網

03 기타 其他

나 　我（非敬語）

명동 　明洞

저 　我（謙遜）

교실 　教室

교회 　教會

식당 　餐廳

광화문 　光化門

신문 　報紙

전시회 　展示會

연음 법칙(連音法則)

如果一個音節有收音，其後加元音開頭的詞尾、助詞、後綴時，其收音就到後一個音節充當輔音。

$$주말에 \Rightarrow [주마레]$$

도서관에[도서과네/tosʌgwane]　　책을[채글/tsʰɛgɯl]

인터넷을[인터네슬/intʰʌnesɯl]　　신문을[신무늘/ɕinmunɯl]

문법 語法

01 N은/는 N에 가다/오다 N去/來N

「N에」用於名詞後，表示其名詞是動詞「去」或「來」的場所或地點。

선생님은 학교에 갑니다.

로이 씨는 명동에 갑니다.

스테파니 씨는 내일 한국에 옵니다.

02 N은/는 N에서 N을/를 V-ㅂ/습니다 N在NV-N。相當於中文的「誰在哪裡做什麼」

表示場所的名詞在動詞前面時（除了動詞「가다/去」和「오다/來」），名詞後要加助詞「에서」，以示其場所或地點是動作進行的地方。

선생님은 한국대학교에서 한국어를 가르칩니다.

마스미 씨는 백화점에서 쇼핑을 합니다.

벤슨 씨는 도서관에서 책을 읽습니다.

03 V-고 V

「動詞的並列」

詞尾「V-고」用於兩個以上動作的並列。動詞詞幹後加「V-고」之後再加
另一個動詞。詞幹不管有無收音都加詞尾「V-고」。（例：읽다→읽고, 보
다→보고）

저는 주말에 한국어를 공부하고 친구를 만납니다.

비비엔 씨는 주말에 영화를 보고 커피를 마십니다.

스테파니 씨는 텔레비전을 보고 영화를 봅니다.

| 活用練習 | 填空

한국어를 공부하다/친구를 만나다	한국어를 공부하고 친구를 만납니다
책을 읽다/편지를 쓰다	
텔레비전을 보다/잠을 자다	
밥을 먹다/영화를 보다	
친구를 만나다/도서관에 가다	
커피를 마시다/음악을 듣다	
백화점에 가다/쇼핑하다	

회화 연습 會話練習

01 어디에 갑니까?
去哪裡?

仿照例句做練習。

퍼디
광화문

최지영 : 퍼디 씨, 어디에 갑니까?
퍼디 : 저는 광화문에 갑니다.

최지영
명동

가 : _____ 씨, 어디에 갑니까?
나 : 저는 _____에 갑니다.

리리
교회

가 : _____?
나 : _____.

마스미
백화점

가 : _____?
나 : _____.

왕샤위
식당

가 : _____?
나 : _____.

02 어디에서 커피를 마십니까? 在哪裡喝咖啡？

仿照例句做練習。

커피를
마시다
커피숍

최지영 : 로베르토 씨, 어디에서
커피를 마십니까?
로베르토 : 저는 커피숍에서 커피를
마십니다.

한국어를
가르치다
학교

가 : 어디에서 한국어를 가르칩니까?
나 : 저는 _____에서 _____.

친구를
만나다
명동

가 : _____?
나 : _____.

비빔밥을
먹다
식당

가 : _____?
나 : _____.

책을 읽다
도서관

가 : _____?
나 : _____.

03 요리하고 청소합니다. 做菜、打掃。

仿照例句做練習。

주말
요리하다
청소하다

최지영 : 퍼디 씨, 주말에 무엇을 합니까?

퍼디 : 저는 주말에 요리하고 청소합니다.

오늘 오후
텔레비전을
보다
편지를 쓰다

가 : 오늘 오후에 무엇을 합니까?

나 : 저는 _____ 에 _____ 고

_____ .

오늘 오후
명동에서
영화를 보다
친구를 만나다

가 : _____ ?

나 : _____

_____ .

일요일
공원에서
운동하다
그림을 그리다

가 : _____ ?

나 : _____

_____ .

내일
신문을 읽다
커피를 마시다

가 : _____ ?

나 : _____

_____ .

듣기 연습 聽力練習

01 주말 활동 묻기 問週末活動

CD會連放兩次。請仔細聽並寫下來。

왕샤위 : 스테파니 씨, 주말에 무엇을 합니까?

스테파니 : 저는 주말에 공원에서 운동하고 친구 집에 갑니다.

정답 : (②, ⑨) 공원에서 운동하고 친구 집에 갑니다.

1. (　　,　　) _____고 _____.

2. (　　,　　) _____고 _____.

3. (　　,　　) _____고 _____.

4. (　　,　　) _____고 _____.

이준기와 이야기하기 跟李準基聊天

| **주말 계획 묻고 답하기** | 對週末計劃的問答

仔細聆聽CD，和李準基練習對話。

이준기 　최지영 씨, 주말에 어디에 갑니까?

최지영 　저는 주말에 광화문에 갑니다.

이준기 　광화문에서 무엇을 합니까?

최지영 　광화문에서 전시회를 보고 커피를 마십니다.
　　　　이준기 씨는 주말에 어디에 갑니까?

이준기 　저는 주말에 신촌에 갑니다.

최지영 　신촌에서 무엇을 합니까?

이준기 　신촌에서 가방을 사고 밥을 먹습니다.

가 _____ 씨, 주말에 어디에 갑니까?

나 저는 _____.

가 _____에서 무엇을 합니까?

나 _____고 _____.

_____ 씨는 주말에 어디에 갑니까?

가 저는 _____.

나 _____에서 무엇을 합니까?

가 _____고 _____.

동사 카드 動詞圖片

가다
去

오다
來

보다
看

만나다
見

먹다
吃

마시다
喝

듣다
聽

읽다
讀

편지를 쓰다
寫信

이야기하다
談話

춤을 추다
跳舞

그림을 그리다
畫畫

가르치다
教

배우다
學

자다
睡覺

일어나다
起床

만들다
做

사다
買

팔다
賣

바꾸다
換

타다
乘車

(차에서) 내리다
下(車)

갈아타다
轉乘

청소하다
打掃

노래하다
唱歌

운동하다
運動

요리하다
做菜

세수하다
洗臉、洗漱

샤워하다
淋浴

수영하다
游泳

인터넷하다
上網

공부하다
學習

韓流的中心陣地 — 汝矣島

如果想知道韓流文化的中心地在哪裡，就去汝矣島看看吧！

那裡既是韓國所有的演員上下班之處，也是韓國電台集中的地方。

一年四季，常常可以見到各種表演節目和拍攝連續劇的車輛。

春天時，汝矣島的櫻花節也是有名的，不妨去逛一逛！

運氣好的話，說不定還會碰到你欽慕的明星呢！

오늘은 날씨가 어떻습니까?

今天天氣如何？

날씨 이야기하기
天氣的表達

學習目標

情景
天氣的表達
詞彙
動詞 6-天氣
形容詞-天气
其他形容詞
語法
N이/가 어떻습니까?
N이/가 A-ㅂ/습니다
N이/가 A-ㅂ/습니까?
N이/가 A-지 않습니다
A-고 A
A-지만 A

CD로 들어 보세요

왕 샤 위	스테파니 씨, 오늘은 날씨가 어떻습니까?
스테파니	오늘은 날씨가 좋습니다.
왕 샤 위	호주는 요즘 날씨가 어떻습니까?
스테파니	호주는 요즘 날씨가 덥고 비가 옵니다.
	중국은 요즘 날씨가 어떻습니까?
왕 샤 위	중국은 요즘 날씨가 좋지만 춥습니다.

▼
在韓國有句話叫「**삼한사온**
（三寒四暖）」。這是指冬天
時會冷三天、熱四天。寒冬
離去，陽春三月，天氣逐漸
暖和，當大家都認為「春天
到了」的時候，天氣卻突然
轉冷，我們把這種春寒叫作
「**꽃샘추위**（春寒料峭）」，表
示「春寒嫉妒春暖花開」。

어떻습니까[어떤씀니까/ʌt'ʌ(t)s'ɯmɲik'a]   좋습니다[존:씀니다/tso:s'ɯmɲida]
덥고[덥:꼬/tə:pk'o]   좋지만[조:치만/tso:tsʰiman]   춥습니다[춥씀니다/tsʰups'ɯmɲida]

어휘와 표현 單詞及表達

01 동사 6 날씨 動詞 6 天氣

(비가) 오다 下(雨)　　　　　(비가) 내리다 下(雨)

(눈이) 오다 下(雪)　　　　　(눈이) 내리다 下(雪)

(바람이) 불다 刮(風)　　　　(천둥이) 치다 打(雷)

(번개가) 치다 打(閃電)　　　(안개가) 끼다 起(霧)

(구름이) 끼다 (烏雲)密布

02 형용사 1 날씨 形容詞 1 天氣

덥다 熱　　　　　　　　　　춥다 冷

따뜻하다 暖和　　　　　　　시원하다 涼快

쌀쌀하다 冷颼颼　　　　　　맑다 清澈/晴朗

흐리다 陰

03 형용사 2 맛 形容詞 2 味道

맛있다 好吃　　　　　　　　맛없다 難吃

맵다 辣　　　　　　　　　　짜다 鹹

달다 甜　　　　　　　　　　싱겁다 淡

쓰다 苦　　　　　　　　　　시다 酸

04 형용사 3 形容詞 3

빠르다 快　　　　　　　　　느리다 慢

쉽다 容易	어렵다 難
재미있다 有意思	재미없다 沒意思
어떻다 怎麼樣	멋있다 帥/好看
복잡하다 複雜	예쁘다 漂亮
친절하다 親切	불친절하다 不親切
기쁘다 高興	슬프다 悲傷
나쁘다 壞	좋다 好
크다 大	작다 小
많다 多	적다 少
넓다 寬	좁다 窄
싸다 便宜	비싸다 貴
편리하다 方便	불편하다 不方便

05 기타 　　　　　　　　　　　　　　　　　　　其他

요즘 最近	물건 東西
한국 음식 韓國菜	김치 泡菜

발음규칙發音規則　　　　　　　　　　　　　　　격음화(送氣音化)

/ㄱ, ㄷ, ㅂ, ㅈ/在/ㅎ/的前面或後面時，與/ㅎ/結合，變成送氣音/ㅋ, ㅌ, ㅍ, ㅊ/。

좋지만 ⇒ [조:치만]
ㅎ ＋ ㅈ ⇒ ㅊ

많지[만치/maːntsʰi]　　　　빨갛지[빨가치/pʼalgatsʰi]
그렇지[그러치/kɯrʌtsʰi]　　노랗지[노:라치/noːratsʰi]

문법 語法

01 N이/가 어떻습니까?
N이/가 A-ㅂ/습니다

N怎麼樣?
N怎麼樣

詞幹的最後一個音節沒有收音時，要加「-ㅂ니다」。詞幹的最後一個音節有收音時則加「-습니다」。詞幹的最後一個音節收音是「ㄹ」時，「ㄹ」脫落，加「-ㅂ니다」。（例：많다→많습니다, 빠르다→빠릅니다, 멀다→멉니다）

날씨가 어떻습니까?

날씨가 좋습니다.

교실이 어떻습니까?

교실이 덥습니다.

한국 음식이 어떻습니까?

한국 음식이 맛있습니다.

02 N이/가 A-ㅂ/습니까?
N이/가 A-지 않습니다

NA?相當於「什麼怎麼樣?」
N不A相當於「'什麼'不'怎麼樣'」

「A-지 않습니다」是「A-ㅂ/습니다」的否定。詞幹的最後一個音節不管有無收音，都加「A-지 않습니다」。（例：맵다→맵지 않습니다, 빠르다→빠르지 않습니다）

날씨가 좋습니까?

날씨가 좋지 않습니다. 비가 옵니다.

불고기가 맵습니까?

불고기가 맵지 않습니다.

한국어 공부가 어렵습니까?

한국어 공부가 어렵지 않습니다.

03 A-고 A 「兩個形容詞的並列或排列」

「A-고」用於兩個形容詞的並列。這時，不管形容詞詞幹最後一個音節有無收音，都加「-고」。(例：덥다→덥고, 빠르다→빠르고)

오늘은 날씨가 덥고 비가 옵니다.

지하철은 빠르고 편리합니다.

한국어 선생님은 친절하고 예쁩니다.

04 A-지만 A

雖然A，但是A

「A-지만」用於動詞或形容詞詞幹後表示轉折。相當於漢語的「雖然……但是……」。(例：복잡하다→복잡하지만, 어렵다→어렵지만)

서울은 복잡하지만 깨끗합니다.

김치는 맵지만 맛있습니다.

이 음악은 좋지만 슬픕니다.

|活用練習|填空

原型	無收音時：A-ㅂ니다 有收音時：A-습니다	：A-지 않습니다 ：A-지 않습니다
덥다	덥습니다	
춥다		춥지 않습니다
따뜻하다	따뜻합니다	따뜻하지 않습니다
시원하다	시원합니다	
비가 오다	비가 옵니다	
눈이 내리다		눈이 내리지 않습니다

회화 연습 會話練習

오늘은 날씨가 어떻습니까?　　　　　　　　　今天天氣如何？

仿照例句做練習。

왕샤위 : 스테파니 씨, 오늘은 날씨가
　　　　어떻습니까?
스테파니 : 오늘은 날씨가 좋습니다.

가 : 호주는 날씨가 어떻습니까?
나 : _____.

가 : _____?
나 : _____.

가 : _____?
나 : _____.

가 : _____?
나 : _____.

02 날씨가 좋지만 춥습니다. 天氣雖然好，但是很冷。

仿照例句做練習。

오늘 날씨
좋다
춥다

왕샤위 : 스테파니 씨, 오늘은 날씨가
어떻습니까?
스테파니 : 오늘은 날씨가 좋지만
춥습니다.

김치
맵다
맛있다

가 : 김치는 어떻습니까?
나 : _____.

한국 음식
맛있다
비싸다

가 : _____?
나 : _____.

지하철
빠르다
복잡하다

가 : _____?
나 : _____.

한국어 공부
어렵다
재미있다

가 : _____?
나 : _____.

03 아니요, 춥지 않습니다.   不，不冷。

仿照例句做練習。

왕샤위 : 스테파니 씨, 오늘은 날씨가
　　　　춥습니까?
스테파니 : 아니요, 오늘은 날씨가
　　　　춥지 않습니다. 따뜻합니다.

김치
맵다 X
맛있다 ○

가 : 김치는 맵습니까?
나 : 아니요, 김치는 ＿＿＿＿＿＿＿.
　　＿＿＿＿＿＿＿＿＿＿＿＿.

만들기
어렵다 X
쉽다 ○

가 : ＿＿＿＿＿＿＿＿＿＿＿?
나 : ＿＿＿＿＿＿＿＿＿＿＿.
　　＿＿＿＿＿＿＿＿＿＿＿.

버스
사람이 적다 X
사람이 많다 ○

가 : ＿＿＿＿＿＿＿＿＿＿＿?
나 : ＿＿＿＿＿＿＿＿＿＿＿.
　　＿＿＿＿＿＿＿＿＿＿＿.

백화점
싸다 X
비싸다 ○

가 : ＿＿＿＿＿＿＿＿＿＿＿?
나 : ＿＿＿＿＿＿＿＿＿＿＿.
　　＿＿＿＿＿＿＿＿＿＿＿.

이준기와 이야기하기 跟李準基聊天

| **날씨와 한국에 대한 인상 묻기** | 問天氣和對韓國的印象

仔細聆聽CD，和李準基練習對話。

이준기 왕샤위 씨는 어느 나라 사람입니까?

왕샤위 저는 중국 사람입니다.

이준기 중국은 요즘 날씨가 어떻습니까?

왕샤위 중국은 요즘 날씨가 시원합니다.

이준기 한국은 날씨가 어떻습니까?

왕샤위 한국은 날씨가 따뜻하고 좋습니다.

이준기 한국어 공부와 한국어 선생님은 어떻습니까?

왕샤위 한국어 공부는 어렵지만 재미있고,
한국어 선생님은 재미있고 친절합니다.

가 _____ 씨는 어느 나라 사람입니까?

나 저는 _____.

가 _____은/는 요즘 날씨가 _____?

나 _____은/는 요즘 날씨가 _____.

가 _____은/는 날씨가 _____?

나 _____은/는 날씨가 _____.

가 _____와/과 _____은/는 _____?

나 _____은/는 _____,

_____은/는 _____.

크다
大

작다
小

많다
多

적다
少

길다
長

짧다
短

무겁다
重

가볍다
輕

높다
高

낮다
低

빠르다
快

느리다
慢

재미있다
有意思

재미없다
沒意思

맛있다
好吃

맛없다
難吃

어렵다
難

쉽다
容易、簡單

뜨겁다
熱

차갑다
冷

밝다
亮

어둡다
暗

넓다
寬

좁다
窄

멀다
遠

가깝다
近

편리하다
方便、便利

불편하다
不方便

복잡하다
複雜

바쁘다
忙

예쁘다
漂亮

맵다
辣

친절하다
親切

불친절하다
不親切

깨끗하다
乾淨

더럽다
髒

기쁘다
高興

슬프다
悲傷

좋다
好

나쁘다
壞

덥다 熱

춥다
冷

따뜻하다
暖和

시원하다
涼快

맑다
晴

흐리다
陰

싸다
便宜

비싸다
貴

首爾的小型地球村 — 梨泰院

在韓國，可以遇到世界各國友人的最佳場所就是梨泰院。

在這裡，以亞洲為首，美洲、歐洲、中東、

甚至包括非洲在內的全世界的文化圈都遍布各處。

梨泰院作為國際購物名所，在海外同樣頗具知名度同時，

也是首爾最有異國情調的地方。

從高高的山崗上、眺望著梨泰院的伊斯蘭清真寺、

是可以體驗到梨泰院多國文化的具有代表性的國際交流場所。

每次穿過大街小巷、都會有置身於他國的錯覺。

오늘 뭐 해요?

今天做什麼？

행선지 묻고 답하기
對行程的問答

學習目標

情景
對行程的問答
詞彙
首爾附近的著名場所
動詞 7-遊戲
語法
A/V-아/어요
안 A/V-아/어요
A/V-지 않아요

CD로 들어 보세요

이준기	리리 씨, 어디에 가요?
리 리	저는 지금 도서관에 가요.
	이준기 씨도 도서관에 가요?
이준기	아니요, 저는 도서관에 안 가요.
	명동에 가요.
리 리	벤슨 씨도 같이 명동에 가요?
벤 슨	네, 저도 명동에 가요.
리 리	명동에서 뭐 해요?
벤 슨	우리는 같이 명동에서 쇼핑하고 밥을 먹어요.

在韓國不光有大學圖書館，公共圖書館也很多。若有機會可以去看看國會圖書館和南山圖書館。國會圖書館擁有最多的圖書資料。去南山圖書館可眺望南山塔，也可以在美麗的山間小道上散步。大家如果看到那麼多的韓國語書籍，一定會有學韓語的欲望。

도서관에[도서과네/tosʌgwane]   같이[가치/katsʰi]
밥을[바블/pabɯl]   먹어요[머거요/mʌgʌjo]

어휘와 표현 單詞及表達

01 장소 1 서울 근교의 유명한 장소　　　場所 1 首爾附近的著名場所

민속촌　民俗村

신촌　新村

롯데월드　樂天世界

강남　江南

서울랜드　首爾樂園

대학로　大學路

에버랜드　愛寶樂園

이태원　梨泰院

명동　明洞

동대문시장　東大門市場

인사동　仁寺洞

남대문시장　南大門市場

02 동사 7 놀이　　　動詞 7 遊樂

바이킹을 타다　坐海盜船

전통차를 마시다　喝傳統茶

놀이 기구를 타다　坐遊樂設施

롤러코스터를 타다　坐恐怖列車

선물을 사다　買禮物

노래방에 가다　去卡拉 ok

연극을 보다　看話劇

춤을 추다　跳舞

03 기타 其他

무엇/뭐	什麼	같이	一起
혼자	獨自	방송국	電視台
촬영	攝影	여의도	汝矣島

발음규칙 發音規則 — 구개음화(顎化)

收音/ㄷ, ㅌ/後加「이」或「히」時，發/ㅈ, ㅊ/的音。

같이 ⇒ [가치]

ㅌ+이→치	같이[가치/katsʰi]	붙이다[부치다/putsʰida]
ㄷ+이→지	굳이[구지/kudzi]	맏이[마지/madzi]
ㄷ+히→치	닫히다[다치다/tatsʰida]	굳히다[구치다/kutsʰida]

발음규칙 發音規則 — 경음화(緊音化)

輔音/ㄱ, ㄷ, ㅂ, ㅅ, ㅈ/在收音/ㅂ/後面變成緊音/ㄲ, ㄸ, ㅃ, ㅆ, ㅉ/。

춥습니다 ⇒ [춥씁니다]

ㅂ(ㅍ) + ㄱ ㄷ ㅂ ㅅ ㅈ ⇒ ㄲ ㄸ ㅃ ㅆ ㅉ

맵다[맵따/mɛpt'a]	덥고[덥:꼬/tə:pk'o]
높다[놉따/nopt'a]	좁다[좁따/tsopt'a]

문법 語法

01 A/V-아/어요 陳述

其意思和尊敬程度是與「-ㅂ니다(습니다)」相同，但更親切委婉。所以常使用於口語。相對而言，女性較常使用。

가다 ⇒ (가아요) ⇒ 가요

좋다 ⇒ 좋아요

서다 ⇒ (서어요) ⇒ 서요

먹다 ⇒ 먹어요

마시다 ⇒ 마셔요

가르치다 ⇒ 가르쳐요

說明 |「**A/V-아/어요**」的結合方式|

「A/V-아/어요」的結合，首先把動詞原型去掉「-다」只取詞幹。這時，詞幹最後一個音節的元音如果是「ㅏ, ㅗ」就加「아요」。詞幹最後一個音節的元音如果不是「ㅏ, ㅗ」，就加「어요」。如果詞幹的最後一個字是「하」，那就變成「해」，成為「해요」。

是「ㅏ, ㅗ」時：좋다→좋다+아요→좋아요

不是「ㅏ, ㅗ」時：먹다→먹다+어요→먹어요

不是「하다」時：공부하다→공부하다+해요→공부해요

02 안 A/V-아/어요

不A/V 否定

「A/V-아/어요」的否定，在「A/V-아/어요」前加「안」即可。要注意的是，這時如果像動詞「공부하다」是以「하다」結束的話，不能用「안 공부해요」而應該用「공부 안 해요」來表達。

가다 ⇒ 안 가요	보다 ⇒ 안 봐요
서다 ⇒ 안 서요	배우다 ⇒ 안 배워요
공부하다 ⇒ 공부 안 해요	

03 A/V-지 않아요

不 A/V

「A/V-지 않아요」是另一種否定方式。

가다 ⇒ 가지 않아요	바쁘다 ⇒ 바쁘지 않아요
먹다 ⇒ 먹지 않아요	덥다 ⇒ 덥지 않아요
따뜻하다 ⇒ 따뜻하지 않아요	

| 活用練習 | 填空

原型	A/V-아/어요	안 A/V-아/어요	A/V-지 않아요
가다	가요	안 가요	가지 않아요
만나다			
오다			
보다			
앉다			
서다			
배우다			
먹다			
그리다			
가르치다			
마시다			
요리하다			
청소하다			
춥다			
덥다			

회화 연습 會話練習

어디에 가요? 去哪裡?

仿照例句做練習。

공원

이준기 : 퍼디 씨, 어디에 가요?
퍼디 : 저는 공원에 가요.

도시관 X
은행 ○

이준기 : 퍼디 씨, 도서관에 가요?
퍼디 : 아니요, 도서관에 안 가요.
　　　　은행에 가요.

민속촌

가 : ＿＿＿＿＿＿＿＿＿＿＿＿＿＿＿?
나 : ＿＿＿＿＿＿＿＿＿＿＿＿＿＿＿.

민속촌 X
롯데월드 ○

가 : ＿＿＿＿＿＿＿＿＿＿＿＿＿＿＿?
나 : ＿＿＿＿＿＿＿＿＿＿＿＿＿＿＿.
　　＿＿＿＿＿＿＿＿＿＿＿＿＿＿＿.

강남 X
신촌 ○

가 : ＿＿＿＿＿＿＿＿＿＿＿＿＿＿＿?
나 : ＿＿＿＿＿＿＿＿＿＿＿＿＿＿＿.
　　＿＿＿＿＿＿＿＿＿＿＿＿＿＿＿.

02 오늘 뭐 해요?

今天做什麼?

仿照例句做練習。

대학로
연극을 보다

이준기 : 리리 씨, 오늘 뭐 해요?
리리 : 저는 대학로에서 연극을 봐요.

롯데월드
바이킹을
타다

가 : 오늘 뭐 해요?
나 : 저는 _____.

인사동
전통차를
마시다

가 : _____?
나 : _____.

공원
그림을
그리다

가 : _____?
나 : _____.

강남
떡볶이를
먹다
쇼핑을 하다

가 : _____?
나 : _____
_____.

03 아니요, 책을 안 읽어요　　　　　　　　不，不看書。

仿照例句做練習。

도서관
책을 읽다X
인터넷하다○

이준기 : 퍼디 씨, 도서관에서 책을
　　　　　읽어요?
퍼디 : 아니요, 저는 책을 안 읽어요.
　　　인터넷해요.

명동
영화를 보다X
친구를
만나다○

가 : 명동에서 영화를 봐요?
나 : 아니요, 저는 ＿＿＿＿＿＿＿.
　　　＿＿＿＿＿＿＿＿＿＿＿.

학교
한국어를
공부하다X
영어를
가르치다○

가 : ＿＿＿＿＿＿＿＿＿＿＿?
나 : ＿＿＿＿＿＿＿＿＿＿＿.
　　＿＿＿＿＿＿＿＿＿＿＿.

집
텔레비전을
보다X
청소하다○

가 : ＿＿＿＿＿＿＿＿＿＿＿?
나 : ＿＿＿＿＿＿＿＿＿＿＿.
　　＿＿＿＿＿＿＿＿＿＿＿.

롯데월드
바이킹을
타다X
롤러코스터를
타다○

가 : ＿＿＿＿＿＿＿＿＿＿＿?
나 : ＿＿＿＿＿＿＿＿＿＿＿.
　　＿＿＿＿＿＿＿＿＿＿＿.

듣기 연습 聽力練習

01 주말 활동 묻기

問週末活動

CD會連放兩次。請仔細聽並寫下來。

왕샤위 : 리리 씨, 주말에 뭐 해요?

리리 : 명동에서 쇼핑하고 맥주를 마셔요.

정답 : (①, ⑤) 명동에서 쇼핑하고 맥주를 마셔요.

1. (　　　,　　　) ＿＿＿＿＿고 ＿＿＿＿＿＿.

2. (　　　,　　　) ＿＿＿＿＿고 ＿＿＿＿＿＿.

3. (　　　,　　　) ＿＿＿＿＿고 ＿＿＿＿＿＿.

4. (　　　,　　　) ＿＿＿＿＿고 ＿＿＿＿＿＿.

이준기와 이야기하기 跟李準基聊天

│친구의 오늘 일정 묻기│ 詢問朋友今天的日程

仔細聆聽CD，和李準基練習對話。

이준기　리리 씨, 오늘 뭐 해요?

리 리　저는 오늘 한국어를 공부해요.

이준기　어디에서 한국어를 공부해요?

리 리　도서관에서 한국어를 공부해요.
　　　　이준기 씨는 오늘 뭐 해요?

이준기　저는 오늘 여의도에 가요.

리 리　여의도에서 뭐 해요?

이준기　여의도 방송국에서 촬영이 있어요.

가 ＿＿＿＿＿＿ 씨, 오늘 뭐 해요?

나 저는 ＿＿＿＿＿＿＿＿＿＿＿＿＿＿.

가 어디에서 ＿＿＿＿＿＿＿＿＿＿＿＿?

나 ＿＿＿＿＿에서 ＿＿＿＿＿＿＿＿＿＿.

　　＿＿＿＿＿＿ 씨는 ＿＿＿＿＿＿＿＿?

가 저는 ＿＿＿＿＿＿＿＿＿＿.

나 ＿＿＿＿＿에서＿＿＿＿＿＿＿?

가 ＿＿＿＿＿＿＿에서 ＿＿＿＿＿＿＿＿＿.

동사·형용사 활용표 動詞、形容詞的活用表

以下是將前面學過的動詞和形容詞的活用法所整理的表格。你可參考此表進行反覆練習。

原型	A/V-ㅂ/습니다	A/V-지 않습니다	A/V-아/어요	안 A/V-아/어요
가다	갑니다	가지 않습니다	가요	안 가요
만나다	만납니다	만나지 않습니다	만나요	안 만나요
보다	봅니다	보지 않습니다	봐요	안 봐요
오다	옵니다	오지 않습니다	와요	안 와요
먹다	먹습니다	먹지 않습니다	먹어요	안 먹어요
마시다	마십니다	마시지 않습니다	마셔요	안 마셔요
만들다	만듭니다	만들지 않습니다	만들어요	안 만들어요
팔다	팝니다	팔지 않습니다	팔아요	안 팔아요
듣다	듣습니다	듣지 않습니다	들어요	안 들어요

原型	A/V-ㅂ/습니다	A/V-지 않습니다	A/V-아/어요	안 A/V-아/어요
요리하다	요리합니다	요리하지 않습니다	요리해요	요리 안 해요
청소하다	청소합니다	청소하지 않습니다	청소해요	청소 안 해요
춥다	춥습니다	춥지 않습니다	추워요	안 추워요
덥다	덥습니다	덥지 않습니다	더워요	안 더워요
맛있다	맛있습니다	맛있지 않습니다	맛있어요	안 맛있어요
좋다	좋습니다	좋지 않습니다	좋아요	안 좋아요
많다	많습니다	많지 않습니다	많아요	안 많아요
비싸다	비쌉니다	비싸지 않습니다	비싸요	안 비싸요
친절하다	친절합니다	친절하지 않습니다	친절해요	안 친절해요

백화점에 가서 쇼핑해요

去百貨公司購物

學習目標

情景
一天作息的表達
詞彙
動詞8-日常生活
語法
V-아/어서 V

최지영 　벤슨 씨, 주말에 보통 뭐 해요?

벤 슨 　저는 주말에 보통 아침에 일어나서
　　　　커피를 마셔요.
　　　　그리고 백화점에 가서 쇼핑해요.
　　　　오후에 친구를 만나서 영화를 봐요.
　　　　저녁에 요리해서 친구와 같이 먹어요.

大部分韓國人喜歡咖啡+奶精+糖的即溶咖啡。韓國菜的味道很重，所以很多外國人飯後也喜歡喝即溶咖啡。

주말에[주마레/tsumare]　　아침에[아치메/atsʰime]
백화점에[배콰저메/pɛkʰwadzʌme]　　같이[가치/katsʰi]　　먹어요[머거요/mʌɡʌjo]

어휘와 표현 單詞及表達

01 동사 8 일상생활　　　　　　　　　　　　動詞 8 日常生活

주다　給

보내다　寄

일어나다　起(床)

샤워하다　洗澡

선물하다　送禮物

편지를 쓰다　寫信

테니스를 치다　打網球

농구를 하다　打籃球

자전거를 타다　騎自行車

정리하다　整理、收拾

02 기타　　　　　　　　　　　　　　　　其他

신문　報紙		일과　一天的日程
대학교　大學		보통　一般、普通

격음화(送氣音化)

발음규칙 發音規則

/ㄱ, ㄷ, ㅂ, ㅈ/在/ㅎ/的前面或後面時，與/ㅎ/結合變成送氣音/ㅋ, ㅌ, ㅍ, ㅊ/。

백화점 ⇒ [배콰점]
ㄱ + ㅎ ⇒ ㅋ

축하해요[추카해요/tsʰukʰaɦɛjo]　　박하사탕[바카사탕/pakʰasatʰaŋ]

각하[가카/kakʰa]　　낙하산[나카산/nakʰasan]

문법 語法

01 V-아/어서 V

表示有相關的先後順序

아침에 일어나서 커피를 마셔요.
아침에 일어나서 샤워를 해요.

학교에 와서 공부해요.
도서관에 가서 책을 읽어요.

친구를 만나서 영화를 봐요
로이 씨를 만나서 쇼핑해요.

說明　第8課中學到的「V–고 V」除了表示「並列」外，也有「그리고」的意思，表示「先後」。「V–아/어서 V」除了表示「先後」外，還有「그리고 거기서–之後在那裡……」、「그리고 그 사람과 같이–之後和他一起……」、「그리고 그것을–之後把那個……」等一共4種意思來表達時間的順序。

아침에 일어나요 → (아침에) → 커피를 마셔요 ⇒ 아침에 일어나서 커피를 마셔요.
친구를 만나요 → (그 친구와 같이) → 영화를 봐요 ⇒ 친구를 만나서 영화를 봐요.
빵을 사요 → (그 빵을) → 먹어요 ⇒ 빵을 사서 먹어요.
학교에 가요 → (학교에서) → 공부해요 ⇒ 학교에서 공부해요.

說明　|「V-아/어서 V」的結合方式 |
「V-아/어서 V」的結合方式跟「V–아/어요」相同。首先把動詞原型去掉「–다」只取詞幹。這時，詞幹最後一個音節的元音如果是「ㅏ, ㅗ」就加「–아서」。詞幹最後一個音節的元音如果不是「ㅏ, ㅗ」就加「–어서」。如果詞幹的最後一個字是「하」，那就變成「해」成為「해서」。

是「ㅏ, ㅗ」時：일어나다 → 일어나다 + 아서 → 일어나서
不是「ㅏ, ㅗ」時：만들다 → 만들다 + 어서 → 만들어서
是「하다」時：요리하다 → 요리하다 + 해서 → 요리해서

회화 연습 會話練習

01 아침에 일어나서 커피를 마셔요. 早晨起來喝咖啡。

仿照例句做練習。

아침에
일어나다
커피를
마시다

최지영 : 벤슨 씨, 아침에 일어나서
　　　　보통 뭐 해요?
벤슨 : 저는 아침에 일어나서
　　　 커피를 마셔요.

아침에
일어나다
신문을 읽다

가 : ＿＿＿＿＿＿＿＿＿＿＿ 뭐 해요?
나 : 저는 ＿＿＿＿＿＿＿＿＿＿＿.

아침에
일어나다
청소하다

가 : ＿＿＿＿＿＿＿＿＿＿＿＿?
나 : ＿＿＿＿＿＿＿＿＿＿＿＿.

아침에
일어나다
샤워하다

가 : ＿＿＿＿＿＿＿＿＿＿＿＿?
나 : ＿＿＿＿＿＿＿＿＿＿＿＿.

아침에
일어나다
밥을 먹다

가 : ＿＿＿＿＿＿＿＿＿＿＿＿?
나 : ＿＿＿＿＿＿＿＿＿＿＿＿.

02 학교에 가서 공부해요. 去學校讀書。

仿照例句做練習。

학교에 가다
공부하다

최지영 : 비비엔 씨, 학교에 가서
　　　　보통 뭐 해요?
비비엔 : 저는 학교에 가서 공부해요.

학교에 가다
친구를
만나다

가 : _____ 뭐 해요?

나 : 저는 _____.

동대문시장에
가다
옷을 사다

가 : _____?

나 : _____.

이태원에
가다
맥주를 마시다

가 : _____?

나 : _____.

인사동에
가다
선물을 사다

가 : _____?

나 : _____.

03 **친구를 만나서 테니스를 쳐요.**　　　　　和朋友見了面後一起打網球。

仿照例句做練習。

친구를
만나다
테니스를
치다

최지영 : 벤슨 씨, 친구를 만나서 보통
　　　　뭐 해요?
벤슨 : 저는 친구를 만나서
　　　테니스를 쳐요.

친구를 만나다
커피를
마시다

가 : ＿＿＿＿＿＿＿＿＿＿＿ 뭐 해요?

나 : 저는 ＿＿＿＿＿＿＿＿＿＿＿.

친구를
만나다
영화를 보다

가 : ＿＿＿＿＿＿＿＿＿＿＿?

나 : ＿＿＿＿＿＿＿＿＿＿＿.

이준기 씨를
만나다
피자를 먹다

가 : ＿＿＿＿＿＿＿＿＿＿＿?

나 : ＿＿＿＿＿＿＿＿＿＿＿.

로이 씨를
만나다
놀이 기구를
타다

가 : ＿＿＿＿＿＿＿＿＿＿＿?

나 : ＿＿＿＿＿＿＿＿＿＿＿.

04 꽃을 사서 친구에게 줘요. 買花送給朋友。

仿照例句做練習。

꽃을 사다
친구에게
주다

최지영 : 벤슨 씨, 꽃을 사서 뭐 해요?

벤슨 : 꽃을 사서 친구에게 줘요.

요리하다
친구와
같이 먹다

가 : ＿＿＿＿＿＿ ＿＿＿＿＿ 뭐 해요?

나 : 저는 ＿＿＿＿＿＿＿＿＿＿.

김치를
만들다
친구에게
주다

가 : ＿＿＿＿＿＿＿＿＿＿＿?

나 : ＿＿＿＿＿＿＿＿＿＿＿.

스파게티를
만들다
친구와
같이 먹다

가 : ＿＿＿＿＿＿＿＿＿＿＿?

나 : ＿＿＿＿＿＿＿＿＿＿＿.

편지를 쓰다
친구에게
보내다

가 : ＿＿＿＿＿＿＿＿＿＿＿?

나 : ＿＿＿＿＿＿＿＿＿＿＿.

듣기 연습 聽力練習

01 하루 일과 묻기

詢問一天的行程。

CD會連放兩次。請仔細聽並寫下來。

최지영 : 벤슨 씨, 보통 아침에 일어나서 뭐 해요?

벤슨 : 저는 아침에 일어나서 샤워하고 커피를 마셔요.

정답 : (⑦, ⑨) 샤워하고 커피를 마셔요.

1. (　　　,　　　) ＿＿＿＿＿고 ＿＿＿＿＿＿.

2. (　　　,　　　) ＿＿＿＿＿고 ＿＿＿＿＿＿.

3. (　　　,　　　) ＿＿＿＿＿고 ＿＿＿＿＿＿.

4. (　　　,　　　) ＿＿＿＿＿고 ＿＿＿＿＿＿.

이준기와 이야기하기 跟李準基聊天

| **친구의 생활에 대해 묻기** | 詢問朋友的生活

仔細聆聽CD，和李準基練習對話。

벤 슨 이준기 씨, 보통 아침에 일어나서 뭐 해요?

이준기 저는 보통 아침에 일어나서 공원에서 운동해요.
　　　그리고 집에 와서 샤워하고, 요리해서
　　　밥을 먹어요.

벤 슨 주말에는 보통 뭐 해요?

이준기 태국 친구를 만나서 태국어 공부를 해요.
　　　그리고 집에 와서 일주일 일과를 정리하고
　　　자요. 벤슨 씨는 주말에 보통 뭐 해요?

벤 슨 저는 주말에 보통 영화를 보고
　　　친구를 만나요.

가 ___ _____ 씨, 보통 아침에 일어나서 뭐 해요?

나 저는 _____.

　　그리고 _____.

가 주말에는 보통 뭐 해요?

나 _____.

　　_____ 씨는 _____?

가 저는 _____.

으 불규칙 「으」的不規則變化(特殊變化)

像「바쁘다」和「예쁘다」這樣詞幹的最後音節沒有收音，只有元音「ㅡ」時，如果後接「ㅡ아/어요」，「ㅡ아/어서」等元音開頭的詞尾，那麼元音「ㅡ」脫落，剩下的輔音與「ㅡ아/어요」，「ㅡ아/어서」相結合。這叫「으」的不規則音變。

是「ㅏ，ㅗ」時：바쁘다→바쁘다+아요→바빠요
不是「ㅏ，ㅗ」時：예쁘다→예쁘다+어요→예뻐요
「ㅡ」前沒有音節時：쓰다→쓰다+어요→써요

바쁘다	바쁩니다 바빠요	바쁘지 않습니다 안 바빠요	바쁘고 바쁘지 않아요	바쁘지만 바빠서
아프다		아프지 않습니다 안 아파요	아프고 아프지 않아요	아프지만 아파서
예쁘다	예쁩니다 예뻐요		예쁘고 예쁘지 않아요	
기쁘다		기쁘지 않습니다 안 기뻐요		
쓰다	씁니다 써요		쓰고 쓰지 않아요	쓰지만 써서

ㄷ 불규칙 「ㄷ」的不規則變化

詞幹的最後一個音節為「ㄷ」收音（聽，步行，問），加元音為首的詞尾（ㅡ아/어요，ㅡ아/어서，ㅡ(으)면，ㅡ(으)세요）時，收音「ㄷ」變成「ㄹ」。這叫「ㄷ」的不規則音變。

「듣다」、「걷다」、「묻다」後接「-아/어요」、「-(으)면」等詞尾時，原型詞尾「다」脫落，收音「ㄷ」變成「ㄹ」如「듣다」變成「들어요」、「들으면」。

듣다→듣다+아/어요→들어요
듣다→듣다+(으)면→들으면

듣다	듣습니다	듣고	듣지만		
	들어요	들을까요?	들읍시다	들으면	들으세요
걷다	걷습니다	걷고	걷지만		
	걸어요	걸을까요?	걸읍시다	걸으면	걸으세요
묻다	묻습니다	묻고	묻지만		
	물어요	물을까요?	물읍시다	물으면	물으세요

名品與名人街──狎鷗亭

駐足在遍布名品店和高級西餐廳的路上，
彷彿置身於名人街。
路上模特般的俊男靚女們步履匆匆。
這裡是藝人事務所、電影社、音樂電台等娛樂產業的中心地，
所以也很容易碰到名人。
這裡有讓準新娘激動不已的結婚禮堂，
同時還有引人注目的美容院
不斷誘惑著那些愛美女性。
大韓民國名人的象徵
──我們不妨暫時沉淪在這個誘惑的中心，
也不失為一種享受吧！

어제 영화를 봤어요

昨天看電影了

學習目標

情景
談論已經過去的事情
詞彙
飯菜
觀光地
動詞9-興趣
語法
A/V-았/었어요
안 A/V-았/었어요
A/V-지 않았어요
N의 N

이준기 마스미 씨, 어제 무엇을 했어요?

마스미 명동에서 커피를 마시고 영화를 봤어요.

이준기 무슨 영화를 봤어요?

마스미 〈왕의 남자〉를 봤어요.
　　　　이준기 씨는 어제 뭘 했어요?

이준기 친구와 같이 동대문시장에 갔어요.

마스미 동대문시장에서 뭘 했어요?

이준기 동대문시장에서 옷을 사고 비빔국수를 먹었어요.

以朝鮮時代街頭藝人生活為背景的電影「王的男人」，將電影演員李準基捧為人氣明星。這部電影在上演當時，吸引了上千萬眾前去觀賞。這部電影之所以受到好評，其中一個原因是因為它充分地反映了韓國的民間藝術和文化，以及另一個唯美的畫面，非常值得一看。

했어요[해써요/hɛ(t)s'ʌjo]　　봤어요[봐:써요/pwa:(t)s'ʌjo]　　왕의[왕에/waŋe]
옷을[오슬/osɰl]　　국수[국쑤/kuks'u]　　갔어요[가써요/ka(t)s'ʌjo]

CD로 들어 보세요

어휘와 표현 單詞及表達

01 음식 飯菜

비빔국수 拌麵   만두 餃子

비빔밥 拌飯   갈비탕 排骨湯

김치찌개 泡菜湯   냉면 冷麵

된장찌개 味噌湯   칼국수 刀削麵

피자 比薩

02 여행지 觀光地

산 山   북한산 北漢山

설악산 雪嶽山   도봉산 道峰山

바다 大海   놀이동산 遊樂場

온천 溫泉   호수 湖

03 동사 9 취미 動詞 9 興趣

등산을 하다 登山

피아노[기타]를 치다 彈鋼琴/彈吉他

골프[테니스/볼링]을/를 치다 打高爾夫/打網球/打保齡球

스키[스케이트]를 타다 滑雪/溜冰

태권도를 하다 打跆拳道

[수영/축구]을/를 하다 游泳/踢足球

04 기타 　　　　　　　　　　　　　　　　　　　　　　　　其他

무엇을=뭘　什麼

왕의 남자　王的男人

테니스장　網球場

태권도장　跆拳道館

우리 동네　我們社區

바　酒吧（bar）

'의'의 발음(「의」的發音)

〔발〕〔음〕〔규〕〔칙〕〔發〕〔音〕〔規〕〔則〕

元音「의」的發音分以不幾種情況：音節的輔音為「ㅇ」時，根據其所在位置發[의]或
[이]的音；輔音不是「ㅇ」時發[이]的音；當助詞時發[에]的音。

▶ 成為第一音節時　　　　　　의사 ⓔ사/ɰisa]

▶ 有輔音時　　　　　　　　　희망 ⓗ망/himaŋ]

▶ 不是第一音節時　　　　　　민주주의 민주주ⓘ/mindzudzui]

▶ 成為助詞時　　　　　　　　왕의 남자 [왕ⓔ 남자/waŋenamdza]

문법 語法

01 A/V-았/었어요
A/V了

가다 ⇒ 갔어요

좋다 ⇒ 좋았어요

배우다 ⇒ 배웠어요

먹다 ⇒ 먹었어요

읽다 ⇒ 읽었어요

說明 |「**A/V-았/었어요**」的結合方式 |

「A/V-았/었어요」是和形容詞的過去時態。首先把動詞或形客詞的原型（基本型）去掉「-다」只取詞幹。這時，詞幹最後一個音節的元音如果是「ㅏ, ㅗ」就加「-았어요」。詞幹最後一個音節的元音如果不是「ㅏ, ㅗ」就加「-었어요」。如果詞幹的最後一個音節是「하다」，那就變成「해」成為「-했어요」。

是「ㅏ, ㅗ」時 : 좋다→좋다+았어요→좋았어요
不是「ㅏ, ㅗ」時 : 먹다→먹다+었어요→먹었어요
是「하다」時 : 공부하다→공부하다+했어요→공부했어요

說明 | 輕鬆掌握「**A/V-았/었어요**」的結合方式 |

大家在已經學過的「A/V-아/어요」的結合方式裡去掉「-요」後換成「-ㅆ어요」就成過去時態。

가요→가요+ㅆ어요→갔어요
먹어요→먹어요+ㅆ어요→먹었어요
공부해요→공부해요+ㅆ어요→공부했어요

02 안 A/V-았/었어요

가다 ⇒ 안 갔어요

좋다 ⇒ 안 좋았어요

먹다 ⇒ 안 먹었어요

공부하다 ⇒ 공부 안 했어요

03 A/V-지 않았어요

가다 ⇒ 가지 않았어요

마시다 ⇒ 마시지 않았어요

읽다 ⇒ 읽지 않았어요

공부하다 ⇒ 공부하지 않았어요

04 N의 N

왕의 남자	스테파니 씨의 친구
유 선생님의 학생	최지영 씨의 휴대폰
한국의 산	오늘의 뉴스

|活用練習|填空

原型	A/V-았/었어요	안 A/V-았/었어요	A/V-지 않았어요
가다	갔어요	안 갔어요	가지 않았어요
만나다	만났어요		만나지 않았어요
오다	왔어요		
보다	봤어요	안 봤어요	
앉다		안 앉았어요	앉지 않았어요
배우다			배우지 않았어요
읽다			읽지 않았어요
그리다		안 그렸어요	

회화 연습 會話練習

01 **지난 주말에 어디에 갔어요?** 　　　　　　　　　上週末去哪裡了?

仿照例句做練習。

지난 주말
바다

이준기 : 마스미 씨, 지난 주말에
　　　　　어디에 갔어요?
마스미 : 저는 지난 주말에 바다에 갔어요.

지난 주말
도서관

가 : 지난 주말에 어디에 갔어요?
나 : 저는 ＿＿＿＿＿＿＿＿＿＿＿.

지난 주말
설악산

가 : ＿＿＿＿＿＿＿＿＿＿＿?
나 : ＿＿＿＿＿＿＿＿＿＿＿.

지난 주말
온천

가 : ＿＿＿＿＿＿＿＿＿＿＿?
나 : ＿＿＿＿＿＿＿＿＿＿＿.

지난 주말
놀이동산

가 : ＿＿＿＿＿＿＿＿＿＿＿?
나 : ＿＿＿＿＿＿＿＿＿＿＿.

02 지난 주말에 민속촌에 갔어요? 上週末去民俗村了嗎?

仿照例句做練習。

민속촌 X
롯데월드 ○

이준기 : 마스미 씨, 지난 주말에
민속촌에 갔어요?
마스미 : 아니요, 저는 민속촌에 안 갔어요.
롯데월드에 갔어요.

도서관 X
백화점 ○

가 : 지난 주말에 도서관에 갔어요?
나 : 아니요, 저는 _____에 안 갔어요.

_____.

설악산 X
온천 ○

가 : _____?
나 : _____.

_____.

바다 X
산 ○

가 : _____?
나 : _____.

_____.

부산 X
제주도 ○

가 : _____?
나 : _____.

_____.

03 **어제 무엇을 했어요?**　　　　　　　　　　　　　　　　　　昨天做什麼了?

仿照例句做練習。

어제, 집
텔레비전을
보다
책을 읽다

이준기 : 마스미 씨, 어제 무엇을 했어요?
마스미 : 저는 어제 집에서 텔레비전을
　　　　보고 책을 읽었어요.

어제, 영화관
영화를 보다
술을 마시다

가 : 어제 무엇을 했어요?
나 : ＿＿＿＿＿＿＿＿＿＿＿＿＿＿
　　＿＿＿＿＿＿＿＿＿＿＿＿＿ .

어제, 집
텔레비전을
보다
청소하다

가 : ＿＿＿＿＿＿＿＿＿＿＿＿ ?
나 : ＿＿＿＿＿＿＿＿＿＿＿＿＿
　　＿＿＿＿＿＿＿＿＿＿＿＿ .

지난 주말
명동
피자를 먹다
쇼핑을 하다

가 : ＿＿＿＿＿＿＿＿＿＿＿＿ ?
나 : ＿＿＿＿＿＿＿＿＿＿＿＿＿
　　＿＿＿＿＿＿＿＿＿＿＿＿ .

지난 주말
이태원
술을 마시다
춤을 추다

가 : ＿＿＿＿＿＿＿＿＿＿＿＿ ?
나 : ＿＿＿＿＿＿＿＿＿＿＿＿＿
　　＿＿＿＿＿＿＿＿＿＿＿＿ .

04 아니요, 태권도를 안 했어요.

沒有，我沒練跆拳道。

仿照例句做練習。

어제, 학교
태권도를
하다 X
테니스를
치다 O

이준기 : 마스미 씨, 어제 학교에서
태권도를 했어요?

마스미 : 아니요, 저는 태권도를 안 했어요.
테니스를 쳤어요.

어제, 명동
영화를 보다 X
친구를
만나다 O

가 : 어제 명동에서 영화를 봤어요?

나 : 아니요, 저는 _____를 안 봤어요.

_____ .

어제, 도서관
책을 읽다 X
인터넷을
하다 O

가 : _____ ?

나 : _____ .

_____ .

어제, 집
피아노를
치다 X
기타를 치다 O

가 : _____ ?

나 : _____ .

_____ .

지난 주말
등산을 하다 X
골프를 치다 O

가 : _____ ?

나 : _____ .

_____ .

듣기 연습 聽力練習

01 지난 일 묻기 　　　　　　　　　　詢問過去的事情

CD會連放兩次。請仔細聽並寫下來。

퍼디 : 마스미 씨, 지난 주말에 무엇을 했어요?

마스미 : 저는 지난 주말에 스키를 타고 수영을 했어요.

정답 : (③, ④)　스키를 타고 수영을 했어요.

1. (　　　,　　　) ＿＿＿＿＿고 ＿＿＿＿＿＿.

2. (　　　,　　　) ＿＿＿＿＿고 ＿＿＿＿＿＿.

3. (　　　,　　　) ＿＿＿＿＿고 ＿＿＿＿＿＿.

4. (　　　,　　　) ＿＿＿＿＿고 ＿＿＿＿＿＿.

이준기와 이야기하기 跟李準基聊天

| 01 지난 주말 활동 이야기하기 | 談論表達上週末的活動

仔細聆聽CD，和李準基練習對話。

이준기 　비비엔 씨, 주말에 뭐 했어요?

비비엔 　저는 주말에 친구와 같이 쇼핑했어요.

이준기 　어디에서 쇼핑했어요?

비비엔 　명동에서 쇼핑했어요.
　　　　이준기 씨는 주말에 뭐 했어요?

이준기 　저는 주말에 운동했어요.

비비엔 　무슨 운동을 했어요?

이준기 　태권도를 했어요.

가 　_____ 씨, 주말에 뭐 했어요?

나 　저는 _____.

가 　어디에서 _____?

나 　_____에서 _____

　　_____ 씨는 주말에 뭐 했어요?

가 　저는 _____.

나 　_____?

가 　_____.

|02 일기 쓰기| 寫日記
大家也學李準基一樣寫一篇日記看看吧!

2010년 5월 5일 맑다 ☼

어제는 날씨가 아주 좋았어요.
선생님과 친구들이 우리 집에 왔어요.
비비엔 씨는 남자 친구하고 같이 왔어요.
우리는 같이 스페인 음식과 중국 음식을 먹고
일본 차를 마셨어요.
비비엔 씨와 로베르토 씨는 노래를 했어요.
로이 씨도 홍콩 노래를 했어요.
아주 좋았어요.

. . . .

년 월 일

취미 카드 _{興趣圖片}

독서
讀書

음악 감상
音樂欣賞

인터넷을 하다
上網

그림을 그리다
畫畫

노래하다
唱歌

요리하다
做菜

춤을 추다
跳舞

텔레비전을 보다
看電視

테니스를 치다
打網球

기타를 치다
彈吉他

수영하다
游泳

골프를 치다
打高爾夫

스키를 타다
滑雪

태권도를 하다
打跆拳道

농구를 하다
打籃球

쇼핑하다
購物

등산을 하다
登山

스케이트를 타다
溜冰

피아노를 치다
彈鋼琴

영화를 보다
看電影

걷다
走

공연을 보다
看表演

놀이공원에 가다
去遊樂園

산책을 하다
散步

신문을 보다
看報紙

야구를 하다
打棒球

여행을 가다
去旅行

연을 날리다
放風箏

운동을 하다
運動

차를 마시다
喝茶

클럽에 가다
去酒吧

편지를 쓰다
寫信

話劇之路──大學路

充滿年輕話劇人夢想和熱情氣息的大學路。

若說韓國的話劇文化是和大學路一起發展的並非過譽。

在每天都有街頭演出的七葉樹(Maronie)公園裡，可以欣賞到免費的藝術演出。

平日下午5點以前，說在大學路上碰到的人中有一半都是話劇演員，也不容為過。

走進遍布四處的小劇場，可以盡情體會到年輕戲劇人的夢想和熱情。

오늘 한잔 어때요?

今天喝一杯怎麼樣？

學習目標

情景
約會
詞彙
動詞10-約會
語法
V-(으)ㄹ까요?
V-(으)ㅂ시다
A/V-(으)면 A/V

CD로 들어 보세요

최지영	퍼디 씨, 오늘 시간이 있으면 한잔 어때요?
퍼 디	좋아요. 어디로 갈까요?
최지영	광화문 호프로 갑시다.
퍼 디	네, 좋아요. 그럼 어디에서 만날까요?
최지영	오늘 저녁 6시에 한국대학교 앞에서 만납시다.
퍼 디	네, 좋아요.

▼
在韓國，若想簡單地喝點啤酒，人們經常會去叫做「名人堂」的地方。「名人堂」集中在大學附近和辦公室多的地方。在這些店不僅有生啤、韓國啤酒，不少店裡還可以品嚐到其他各國的啤酒。年輕人喝啤酒時一般會點一些雞肉、烤豬排等下酒菜，常常是一邊喝酒一邊吃飯。

있으면[이쓰면/i(t)s'ɯmjʌn] 　좋아요[조:아요/tso:ajo] 　옆의[여페/jʌpe]
갑시다[갑씨다/kapɕ'ida] 　여섯 시에[여서씨에/jʌsʌ(t)ɕ'ie]

어휘와 표현 單詞及表達

01 동사 10 약속

動詞 10 約會

끝나다　結束

방학하다(＝방학을 하다)　放假

파티를 하다　開舞會

여행하다(＝여행을 가다)　旅行

한잔하다　喝一杯

시간이 있다　有時間

시간이 없다　沒時間

02 기타

其他

경복궁　景福宮

고향　故鄉

호프　酒吧

007　007

약　藥

유럽　歐洲

타이타닉　鐵達尼號

'ㅎ' 탈락(「ㅎ」的脫落)

收音/ㅎ/位於元音開頭的音節前時，「ㅎ」脫落。記住千萬不要連音。

좋아요 ⇒ [조ː아요]

ㅎ ＋ ㅇ ⇒ Ø ＋ ㅇ

많아요[마ː나요/maːnajo]　　안아요[아나요/anajo]

문법 語法

01 V-(으)ㄹ까요?
의향 묻기

가다 ⇒ 오늘 오후에 명동에 갈까요?

먹다 ⇒ 오늘 저녁에 생선을 먹을까요?

만들다 ⇒ 주말에 같이 김치를 만들까요?

說明 |「**V-(으)ㄹ까요?**」型的結合方法 |

將動詞的基本型（原型）去掉「-다」，只取詞幹。如果詞幹最後一個音節有收音，在其後加「-을까요?」；沒有收音在其後加「-ㄹ까요?」。另外，詞幹最後一個音節的收音為「ㄹ」時，將「ㄹ」去掉，直接加「-ㄹ까요?」。

沒有收音時：가다→가다+ㄹ까요→갈까요?
有收音時：먹다→먹다+을까요→먹을까요?
收音是「ㄹ」的時候：만들다→만들다+ㄹ까요→만들까요?

| 活用練習 | 填空

原型	–(으)ㄹ까요?
가다	갈까요?
보다	
만나다	만날까요?
마시다	

02 V-(으)ㅂ시다
청유

가다 ⇒ 일요일에 민속촌에 갑시다.

읽다 ⇒ 도서관에서 한국어 책을 읽읍시다.

만들다 ⇒ 주말에 같이 김치를 만듭시다.

說明 │「V-(으)ㅂ시다」型的結合方式│

將動詞基本型（原型）的「-다」去掉，只取詞幹。若詞幹的最後一個音節有收音，在其後加「-읍시다」；沒有收音，加「-ㅂ시다」。另外，詞幹最後一個音節的收音為「ㄹ」時，將「ㄹ」去掉，然後直「-ㅂ시다」。

沒有收音時：가다→가다+ㅂ시다→갑시다
有收音時：먹다→먹다+읍시다→먹읍시다
收音是「ㄹ」時：만들다→만들다+ㅂ시다→만듭시다

│活用練習│填空

原型	-(으)ㅂ시다
가다	갑시다
보다	봅시다
만나다	
마시다	

03 A/V-(으)면 A/V
조건, 가정

방학을 하다 ⇒ 방학을 하면 뭐 해요?

수업이 끝나다 ⇒

수업이 끝나면 친구를 만나서 영화를 봐요.

빵을 먹다 ⇒ 빵을 먹으면 기분이 좋아요.

說明 │「A/V-(으)면」型的結合方法 │

將動詞基本型（原型）的「-다」去掉，只取詞幹。若詞幹的最後一個音節有收音時，在其後加「-으면」；詞幹最後一個音節沒有收音或者收音為「ㄹ」時，在其後加「-면」。

沒有收音時：하나→하다＋면→하면

有收音時：먹다→먹다＋으면→먹으면

收音是「ㄹ」時：만들다→만들다＋면→민들면

│**活用練習**│填空

原型	A/V-(으)면
방학을 하다	방학을 하면
시간이 있다	
시간이 없다	
수업이 끝나다	

회화 연습 會話練習

01 **오늘 영화를 볼까요?**   今天看電影如何？

仿照例句做練習。

오늘
영화를 보다

최지영 : 퍼디 씨, 오늘 영화를 볼까요?
퍼디 : 네, 좋아요. 영화를 봅시다.

내일
점심을 먹다

가 : 내일 점심을 먹을까요?
나 : 네, 좋아요. _____.

오늘 저녁
술을 마시다

가 : _____?
나 : _____.

이번 주말
온천에 가다

가 : _____?
나 : _____.

내일
농구를 하다

가 : _____?
나 : _____.

주말에 경복궁에 갑시다. 週末去景福宮吧。

仿照例句做練習。

주말
버스X
지하철○

최지영 : 퍼디 씨, 주말에 경복궁에 갑시다.
　　　　버스를 탈까요?
　　　　지하철을 탈까요?
퍼디 : 지하철을 탑시다.

주말
수영X
골프○

가 : 최지영 씨, 주말에 운동을 합시다.
　　＿＿＿＿＿＿＿? ＿＿＿＿＿＿＿?
나 : 골프를 합시다.

오늘
비빔밥X
비빔국수○

가 : ＿＿＿＿＿＿＿＿＿＿＿＿.
　　＿＿＿＿? ＿＿＿＿?
나 : ＿＿＿＿＿＿＿＿＿＿＿＿.

금요일
007X
타이타닉○

가 : ＿＿＿＿＿＿＿＿＿＿＿＿.
　　＿＿＿＿? ＿＿＿＿?
나 : ＿＿＿＿＿＿＿＿＿＿＿＿.

주말
스케이트X
스키○

가 : ＿＿＿＿＿＿＿＿＿＿＿＿.
　　＿＿＿＿? ＿＿＿＿?
나 : ＿＿＿＿＿＿＿＿＿＿＿＿.

03 방학을 하면 뭐 해요?

仿照例句做練習。

방학을 하다
고향에 가다

최지영 : 퍼디 씨, 방학을 하면 뭐 해요?
퍼디 : 저는 방학을 하면 고향에 가요.

수업이 끝나다
친구를 만나다

가 : 마스미 씨, 수업이 끝나면 뭐 해요?
나 : _____.

친구를 만나다
농구를 하다

가 : _____?
나 : _____.

집에 가다
텔레비전을
보다

가 : _____?
나 : _____.

인사동에 가다
전통차를
마시다

가 : _____?
나 : _____.

04 방학을 하면 고향에 가요?　　　　　　　　放假時，回故鄉嗎?

仿照例句做練習。

방학을 하다
고향에 가다✕
유럽에
가다○

최지영 : 퍼디 씨, 방학을 하면
　　　　　고향에 가요?
퍼디 : 아니요, 저는 고향에 안 가요.
　　　　유럽에 가요.

수업이 끝나다
집에 가다✕
도서관에
가다○

가 : 수업이 끝나면 집에 가요?
나 : 아니요, ＿＿＿＿＿＿＿＿＿＿.
　　　＿＿＿＿＿＿＿＿＿＿＿＿.

아침에
일어나다
신문을 읽다✕
커피를
마시다○

가 : ＿＿＿＿＿＿＿＿＿＿＿?
나 : ＿＿＿＿＿＿＿＿＿＿＿.
　　　＿＿＿＿＿＿＿＿＿＿＿.

시간이 있다
영화를 보다✕
경복궁에
가다○

가 : ＿＿＿＿＿＿＿＿＿＿＿?
나 : ＿＿＿＿＿＿＿＿＿＿＿.
　　　＿＿＿＿＿＿＿＿＿＿＿.

수업이 끝나다
숙제하다✕
명동에
가다○

가 : ＿＿＿＿＿＿＿＿＿＿＿?
나 : ＿＿＿＿＿＿＿＿＿＿＿.
　　　＿＿＿＿＿＿＿＿＿＿＿.

듣기 연습 聽力練習

01 방학 계획 묻기

詢問假期計劃

CD會連放兩次。請仔細聽並寫下來。

왕샤위 : 스테파니 씨, 방학을 하면 뭐 해요?

스테파니 : 저는 방학을 하면 친구와 같이 스키를 타고 사진을

찍어요. 정답 : (①, ⑦) 스키를 타고 사진을 찍어요.

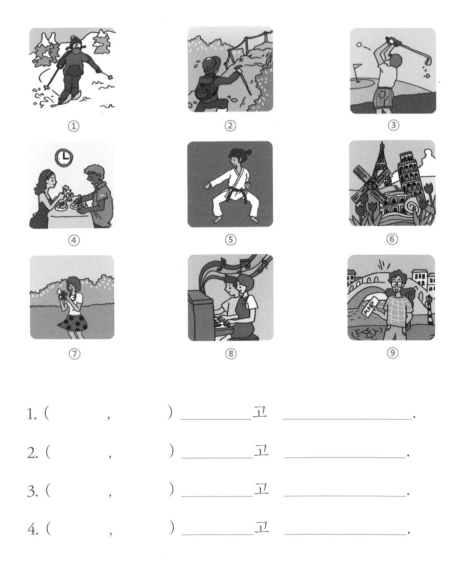

①

②

③

④

⑤

⑥

⑦

⑧

⑨

1. (,   ) _____고 _____.

2. (,   ) _____고 _____.

3. (,   ) _____고 _____.

4. (,   ) _____고 _____.

이준기와 이야기하기 跟李準基聊天

| **의향 묻고 대답하기** | 問意向並回答

仔細聆聽CD，和李準基練習對話。

이준기　마스미 씨, 이번 주말에 경복궁에 갈까요?

마스미　네, 좋아요.

이준기　버스를 탈까요? 지하철을 탈까요?

마스미　지하철을 탑시다.
　　　　이준기 씨, 오늘 점심에
　　　　뭘 먹을까요?

이준기　비빔밥을 먹읍시다.

마스미　네, 좋아요.

가 ＿＿＿＿＿ 씨, 이번 주말에 ＿＿＿＿＿＿＿＿?

나 네, 좋아요.

가 ＿＿＿＿＿＿＿＿? ＿＿＿＿＿＿＿＿?

나 ＿＿＿＿＿ 을/를 ＿＿＿＿＿＿＿＿.

　　＿＿＿＿＿ 씨, 오늘 ＿＿＿＿＿＿＿＿?

가 ＿＿＿＿＿ 을/를 ＿＿＿＿＿＿＿＿.

나 네, 좋아요.

以下是學過的助詞。

助詞	連接		意義
N은/는	名詞最後一個音節有收音時	은	表示句子的主語。
	名詞最後一個音節沒有收音時	는	
N이/가	名 詞最後一個音節有收音時	이	主要在疑問句或形容詞，陳述句前，成為句子的主語。
	名詞最後一個音節沒有收音時	가	
N을/를	名詞最後一個音節有收音時	을	在動陳述句前成為文章的賓語。
	名詞最後一個音節沒有收音時	를	
N와/과	名詞最後一個音節有收音時	과	表示兩個以上名詞的並列。
	名詞最後一個音節沒有收音時	와	
N하고	名詞最後一個音節有收音時	하고	表示兩個以上名詞的並列。比「와, 과」更口語化。
	名詞最後一個音節沒有收音時		
N도	名詞最後一個音節有收音時	도	表示跟前句的內容一樣。
	名詞最後一個音節沒有收音時		

助詞	連接		意義
	名詞最後一個音節有收音時	에	1) 場所（目的地）：「N에 가다/오다」表示動詞「가다/오다」的場所。 2) 限制：「N에 얼마예요?」表示數量名詞的限制。 3) 時間：「1시에 만나요」表示時間。
	名詞最後一個音節沒有收音時		
N부터	名詞最後一個音節有收音時	부터	「N부터 N까지」表示時間的起點。
	名詞最後一個音節沒有收音時		
N까지	名詞最後一個音節有收音時	까지	「N부터 N까지」表表示時間的終點，「N에서 N까지」表示場所的終點。
	名詞最後一個音節沒有收音時		
N에서	名詞最後一個音節有收音時	에서	1)「N에서 V-아/어요」表示動作進行的處所。 2)「N에서 N까지」表示場所的起點。
	名詞最後一個音節有收音時		

韓國最大的傳統市場──南大門市場

南大門市場是韓國最大的自由市場。
各種衣料和食品、家用電器、土特產等應有盡有。
花花綠綠的帳篷下，5,400多個小規模的店鋪密密麻麻地排列著，
彷彿時間都停留於此。
在南大門市場擁擠的街道上，
一定要嚐一嘗韓國特色小吃「炒年糕」，
肯定會給你留下難忘的回憶！

지금 와인을 마시고 있어요

現在在喝紅酒

學習目標

情景
現在進行時和習慣的表達
詞彙
動詞11-現在進行時
習慣
語法
V-(으)세요
V-고 있다
다 V

CD로 듣기 보세요

이 준 기	안녕하세요? 다이애나 씨.
다이애나	안녕하세요? 이준기 씨 오랜만이에요.
이 준 기	다이애나 씨, 지금 뭘 마시고 있어요?
다이애나	저는 지금 와인을 마시고 있어요.
이 준 기	다이애나 씨는 요즘 뭐 하세요?
다이애나	저는 요즘 기타를 배우고 있어요.
이 준 기	다이애나 씨, 와인 다 마셨어요?
다이애나	아니요, 아직 마시고 있어요.

最近在韓國喜歡喝紅酒的人
越來越多。不僅法國、意大
利等地的歐洲紅酒，智利等
南美國家的紅酒也很受歡
迎。有些文化中心等地還開
設了「紅酒推薦師的培養課
程」等活動。可見紅酒越來
越受到人們的青睞。

오랜만이에요[오랜마니에요/oreɛnmaɲiejo]　　있어요[이써요/i(t)s'ʌjo]
와인을[와이늘/wainɯl]　　마셨어요[마셔써요/maɕʌ(t)s'ʌjo]

어휘와 표현 單詞及表達

01 동사 11 진행, 습관   動詞 11 現在進行時、習慣

드시다 吃(敬語)

주무시다 睡(敬語)

(사진을) 찍다 照(相)

(전화를) 하다 打(電話)

(담배를) 피우다 抽(菸)

걷다 走(路)   묻다 問/埋

계시다/있다 在(敬語)   기다리다 等

02 기타   其他

아직 還/尚且

오랜만이에요 好久不見

와인 葡萄酒/紅酒

기타 其他

드라마 電視劇

거문고 玄鶴琴

연음 법칙(連音法則)

발 음 규 칙 發 音 規 則

有收音的音節後接以元音開頭的音節時，其收音到後面的音節充當輔音。

$$있어요 \Rightarrow [이써요]$$

오랜만이에요[오랜마니에요/orɛnmaɲiejo]   와인을[와이늘/wainɯl]

마셨어요[마셔써요/maɕʌ(t)s'ʌjo]   했어요[해써요/hɛ(t)s'ʌjo]

문법 語法

01 V-(으)세요
정중형

祈使句（鄭重型）

어머니는 주말에 백화점에 가세요.

아버지는 지금 텔레비전을 보세요.

어머니는 아버지에게 운전을 배우세요.

아버지는 신문을 읽으세요.

어머니는 김치를 만드세요.

說明 ｜「V-(으)세요」型的結合方法｜

動詞基本型（原型）中，把「-다」去掉，只取詞幹。若詞幹的最後一個音節沒有收音時，加「-세요」；有收音時，加「-으세요」；收音為「ㄹ」時，將「ㄹ」去掉，在其後加「-세요」即可。

沒有收音時：요리하다→요리하다→요리하＋세요→요리하세요
有收音時：읽다→읽다→읽＋으세요→읽으세요
收音是「ㄹ」時：만들다→만들다→만드＋세요→만드세요

這時，大部分動詞都有一定的變化規律。但是，如下所示的一部分動詞卻呈現不規律變化現象。

먹다, 마시다→드시다→드세요
자다→주무시다→주무세요
있다→계시다→계세요

02 V-고 있다 正在 V

커피를 마시다 ⇒ 커피를 마시고 있다.

빵을 먹다 ⇒ 빵을 먹고 있다.

태권도를 배우다 ⇒ 태권도를 배우고 있다.

피아노를 치다 ⇒ 피아노를 치고 있다.

說明 |지금과 요즘|

1. 現在進行時。相當於中文的「正在」做某事。接在動詞詞幹後面，表示動詞的動作正在進行當中。

例：○○○ 씨, 지금 뭐 해요? ○○○ (先生，小姐)，現在在做什麼
　　저는 지금 커피를 마시고 있어요. 我現在正在喝咖啡。

2. 習慣：相當於中文的「最近在」做某事。接在動詞詞幹後面，表示動詞的動作「最近」正在進行當中。

例：○○○ 씨, 요즘 뭐 해요? ○○○ (先生，小姐)，最近做什麼？
　　저는 요즘 기타를 배우고 있어요. 我最近在學吉他。

說明 |「V-고 있다」的結合方式|

在動詞的原型去掉「-다」，詞幹的最後一個音節無論有無收音都加「V-고 있다」。

03 다 V

都/全部V

「다+V」中，「다」是副詞。意思是「全部完成或結束」。

커피를 마시다 ⇒ 커피를 다 마셨어요.

책을 읽다 ⇒ 책을 다 읽었어요.

숙제를 하다 ⇒ 숙제를 다 했어요.

|活用練習| 填空

原型	-(으)세요	原型	V-고 있어요
영화를 보다	영화를 보세요	커피를 마시다	커피를 마시고 있어요
편지를 쓰다		음악을 듣다	
숙제하다	숙제하세요	요리하다	
책을 읽다	책을 읽으세요	와인을 마시다	
사진을 찍다		춤을 추다	
☆자다/주무시다	주무세요	기타를 배우다	
☆마시다/드시다	드세요	그림을 그리다	

회화 연습 會話練習

01 어머니도 백화점에 가세요. 　　　　　　　　　　　　媽媽也去百貨商店。

仿照例句做練習。

저
어머니
백화점에
가다

다이애나 : 저는 백화점에 가요.
　　　　　　어머니도 백화점에 가세요.

저
아버지
점심을 먹다

가 : 저는 점심을 먹어요.
　　아버지도 _____.

저
어머니
기타를
배우다

가 : _____.
　　_____.

동생
아버지
방에 있다

가 : _____.
　　_____.

저
책을 읽다
어머니
신문을 읽다

가 : _____.
　　_____.

02 **다이애나 씨, 영화를 보세요?**　　　　　戴安娜，你看電影嗎?

仿照例句做練習。

영화를 보다✕
책을 읽다○

이준기 : 다이애나 씨, 영화를 보세요?
다이애나 : 아니요, 저는 영화를 안 봐요.
　　　　　책을 읽어요.

오늘,
삼겹살을
먹다○

가 : 오늘 삼겹살을 드세요?
나 : 네, ＿＿＿＿＿＿＿을 먹어요.

저녁,
텔레비전을
보다○

가 : ＿＿＿＿＿＿＿＿＿ ＿＿＿?
나 : ＿＿＿＿＿＿＿＿＿＿＿＿.

주말,
설악산에
가다○

가 : ＿＿＿＿＿＿＿＿＿＿?
나 : ＿＿＿＿＿＿＿＿＿＿＿.

등산을 하다✕
수영을 하다○

가 : ＿＿＿＿＿＿＿＿＿?
나 : ＿＿＿＿＿＿＿＿＿＿.
　　＿＿＿＿＿＿＿＿＿＿.

03 지금 커피를 마시고 있어요. 現在在喝咖啡。

仿照例句做練習。

커피를
마시다

이준기 : 다이애나 씨, 지금 뭘 하고
있어요?
다이애나 : 저는 지금 커피를 마시고
있어요.

신문을
읽다

가 : 지금 뭘 하고 있어요?
나 : 저는 지금 _____고 있어요.

버스를
기다리다

가 : _____?
나 : _____.

골프를
치다

가 : _____?
나 : _____.

영화를
보다

가 : _____?
나 : _____.

04 영화를 다 봤어요? 電影看完了嗎?

仿照例句做練習。

영화를
보다X

이준기 : 다이애나 씨, 영화를 다 봤어요?
다이애나 : 아니요, 아직 보고 있어요.

그림을
그리다X

가 : 그림을 다 그렸어요?
나 : 아니요, 아직 _____.

커피를
마시다X

가 : _____ ?
나 : _____ .

밥을
먹다X

가 : _____ ?
나 : _____ .

숙제하다X

가 : _____ ?
나 : _____ .

05 요즘 기타를 배우고 있어요. 最近在學吉他。

仿照例句做練習。

 기타를 배우다

이준기 : 다이애나 씨, 요즘 뭐 해요?
다이애나 : 저는 요즘 기타를
　　　　　배우고 있어요.

 중국어를 배우다

가 : 요즘 뭐 해요?
나 : 저는 요즘 _____ 있어요.

 태권도를 배우다

가 : _____?
나 : _____.

 피아노를 가르치다

가 : _____?
나 : _____.

 영어를 가르치다

가 : _____?
나 : _____.

듣기 연습 聽力練習

01 **친구들의 행동에 대해 말하기 1**　　　　　　　　討論朋友的行動 1

CD會連放兩次。請仔細聽並寫下來。

<보기> 마스미 씨는 리리 씨하고 같이 이야기하고 있어요.

1. 퍼디 씨는 _____.

2. 이준기 씨는 _____.

3. 왕샤위 씨는 _____.

4. 최지영 씨는 _____.

5. 다이애나 씨하고 벤슨 씨는 _____.

6. 로베르토 씨는 _____.

7. 비비엔 씨는 _____.

02 친구들의 행동에 대해 말하기 2

CD播放兩次。請仔細聽並寫下來。

여기는 우리 하숙집이에요. 이 사람들은 모두 제 친구들이에요.

1. 리리 씨는 지금 _____.

2. 마스미 씨는 지금 _____.

3. 퍼디 씨는 지금 _____.

4. 로이 씨는 지금 _____.

5. 다이애나 씨는 지금 _____.

6. 비비엔 씨는 지금 _____.

7. 벤슨 씨는 지금 _____.

이준기와 이야기하기 跟李準基聊天

|**생활 습관 묻기**| 詢問生活習慣

仔細聆聽CD，和李準基練習對話。

이준기   다이애나 씨, 아침에 운동하세요?

다이애나   네, 저는 아침에 운동해요.

이준기   다이애나 씨, 담배를 피우세요?

다이애나   아니요, 저는 담배를 안 피워요.

이준기   그럼, 요즘 한국 드라마는
　　　　보세요?

다이애나   네, 요즘 한국 드라마를
　　　　보고 있어요.

▼
「그럼」原來是「그러면」的意思，但韓國人一般說「그럼」。

가 ＿＿＿＿＿＿ 씨, ＿＿＿＿＿＿＿＿＿＿＿＿＿＿？

나 네, ＿＿＿＿＿＿＿＿＿＿＿＿＿＿＿＿＿＿.

가 ＿＿＿＿＿＿ 씨, ＿＿＿＿＿＿＿＿＿＿＿＿＿？

나 아니요, ＿＿＿＿＿＿＿＿＿＿＿＿＿＿＿＿.

가 그럼, ＿＿＿＿＿＿＿＿＿＿＿＿＿＿＿＿＿？

나 네, ＿＿＿＿＿＿＿＿＿＿＿＿＿＿＿＿＿＿.

장소 카드 場所圖片

도서관
圖書館

학교
學校

교회
教會

식당
餐廳

명동
明洞

인사동
仁寺洞

이태원
梨泰院

대학로
大學路

영화관
電影院

은행
銀行

병원
醫院

커피숍
咖啡店

롯데월드
樂天世界

백화점
百貨公司

광화문
光化門

제주도
濟州島

산
山

바다
海

온천
溫泉

공원
公園

남대문시장
南大門市場

대학교
大學

세탁소
洗衣店

슈퍼마켓
超市

신촌
新村

우체국
郵局

일본
日本

민속촌
民俗村

지하철
地鐵

출입국관리소
出入境管理局

편의점
便利商店

호주
澳洲

경복궁까지 어떻게 가요?

去景福宮怎麼走？

學習目標

情景
交通工具的使用
詞彙
交通工具
交通標示
語法
V-(으)세요
V-지 마세요
N(으)로 갈아타다

CD로 들어 보세요

최지영	스테파니 씨, 이번 주말에 시간이 있으세요?
스테파니	네, 있어요. 왜요?
최지영	그럼, 이번 주말에 같이 경복궁에 갈까요?
스테파니	네, 좋아요.
	그런데 학교에서 경복궁까지 어떻게 가요?
최지영	한남역에서 중앙선을 타세요.
	그리고 옥수역에서 3호선으로 갈아타세요.
	그리고 경복궁역에서 내리세요.
스테파니	네, 알겠습니다.

韓國的地鐵發達，有很多路線，非常便利。除了連接首爾市內各處的1-8號線外，還有連接首爾近郊的國鐵中央線、盆唐線、仁川線等。每條路線的顏色不同，每站都有自己固定的代碼，所以外國人乘坐地鐵也很方便。車內還有英語廣播，方便民眾利用。

갈아타세요[가라타세요/karatʰasejo] 알겠습니다[알겓씀니다/aːlgetsʼɯmɲida]
옥수역에서[옥쑤여게서/oksʼujʌgesʌ] 어떻게[어떠케/ʌtʼʌkʰe]
경복궁역에서[경:보꿍녀게서/kjəːŋbokʼuŋɲʌgesʌ]

어휘와 표현 單詞及表達

01 교통수단 單詞及表達

비행기 飛機	택시 計程車
기차 火車	지하철 地鐵
배 輪船	고속버스 長途巴士
자전거 自行車	오토바이 摩托車
시내버스 公車·巴士	
(1, 2, 3, 4, 5, 6, 7, 8, 9)호선 (1·2·3·4·5·6·7·8·9)號線	
KTX 超高速列車	

02 장소 場所

서울역 首爾站	복도 走廊
사당역 舍堂站	잔디밭 草坪
박물관 博物館	사무실 辦公室

03 교통 표지 交通標誌

신호등 信號燈(紅綠燈)	횡단보도 人行道
버스 정류장 公車(巴士)站	

04 동사 12 교통수단 　　　　　　　　　　　　　　　　　動詞 12 交通工具

타다　乘(坐)　　　　　　　들어가다　進去

갈아타다　轉乘　　　　　　들어오다　進來

내리다　下降/下車

05 기타 　　　　　　　　　　　　　　　　　　　　　　　其他

떠들다　吵鬧　　　　　　　늦다　晚

세탁하다　洗(衣服)　　　　뛰다　跑

어떻게 가요?　怎麼走?

格音化(送氣音化)

発音規則(發音規則)

/ㄱ、ㄷ、ㅂ、ㅈ/在/ㅎ/的前面或後面時，與/ㅎ/結合變成送氣音/ㅋ、ㅌ、ㅍ、ㅊ/。

어떻게 ⇒ [어떠케]

ㅎ + ㄱ ⇒ ㅋ

하얗고[하:야코/haːjakʰo]　　　파랗게[파:라케/pʰaːrakʰe]

문법 語法

01 V-(으)세요   尊敬式命令型

최지영 씨, 일어나세요.

스테파니 씨, 두 번 읽으세요.

이준기 씨, 케이크를 만드세요.

---

*먹다, 마시다 ⇒ 드시다   *자다 ⇒ 주무시다

說明 | 正式 (尊敬) 的命令 |

與在第14課中學的「-(으)세요」的結合方法相同，表示「尊敬式命令」的意思。

沒有收音時：가다→가다+ 세요→가세요

有收音時：읽다→읽다+ 으세요→읽으세요

收音是「ㄹ」時：만들다→만들다+ 세요→만드세요

| 活用練習 | 填空

原型	-(으)세요
가다	가세요
오다	
영화를 보다	
타다	타세요

02 V-지 마세요

교실에서 담배를 피우지 마세요.

이 의자에 앉지 마세요.

학생에게 술을 팔지 마세요.

說明 | 正式 (尊敬) 的禁止 |

動詞詞幹後面加「-지 마세요」，表示「尊敬式禁止命令」的意思。

沒有收音時：보다→보다 + 지 마세요→보지 마세요

有收音時：읽다→읽다 + 지 마세요→읽지 마세요

| 活用練習 | 填空

原型	-지 마세요
가다	가지 마세요
담배를 피우다	
김치를 먹다	
기다리다	기다리지 마세요
☆자다/주무시다	

03 N(으)로 갈아타다   轉乘

其意思是「轉乘其他的交通工具」：名詞的最後一個音節沒收音或收音為「ㄹ」的時候，在名詞後面加「로」；最後一個音節有收音的時候，後面加「－으로」。（例：3호선으로, 버스로, 지하철로）

3호선으로 갈아타세요.

402번 버스로 갈아타세요.

5호선 지하철로 갈아타세요.

시청에서 1호선으로 갈아타세요.

|活用練習| 填空

原型	N(으)로 갈아타다
지하철 3호선	지하철 3호선으로 갈아타다
6000번 버스	
시청역에서 버스로	
신촌에서 버스로	
강남역에서 지하철로	

회화 연습 會話練習

仿照例句做練習。

경복궁
학교 앞
버스 정류장
402번 버스
타다

가 : 실례지만, 경복궁에 어떻게 가요?

나 : 학교 앞 버스 정류장에서 402번
　　버스를 타세요.

가 : 네, 알겠습니다. 감사합니다.

신촌
시청역
2호선
갈아타다

가 : 실례지만, 신촌에 어떻게 가요?

나 : _____.

가 : 네, 알겠습니다. 감사합니다.

인사동
3호선 안국역
내리다

가 : _____?

나 : _____.

가 : _____.

인천공항
한국대학교 앞
공항버스
타다

가 : _____?

나 : _____.

가 : _____.

이태원
3호선 약수역
6호선
갈아타다

가 : _____?

나 : _____.

가 : _____.

02　시청역에서 1호선을 타세요.　　　　　　　請在市政府站乘坐一號線。

仿照例句做練習。

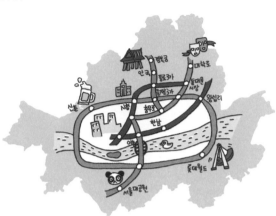

스테파니 : 실례합니다. 시청역에서
　　　　　　경복궁까지 어떻게 가요?
최지영 : 시청역에서 1호선을 타세요.
　　　　　그리고 종로3가역에서
　　　　　3호선으로 갈아타세요.
　　　　　그리고 경복궁역에서 내리세요.
스테파니 : 고맙습니다.

경복궁　시청 1호선
　　　　　종로 3가 3호선
　　　　　경복궁

롯데월드　경복궁 3호선
　　　　　을지로 3가 2호선
　　　　　롯데월드

가 : _____?
나 : _____.
　　_____.
가 : _____.

안 국　서울대공원 4호선
　　　　　충무로 3호선
　　　　　안국

가 : _____?
나 : _____.
　　_____.
가 : _____.

03 교실에서 담배를 피우지 마세요.　　　　　　教室內請勿吸菸。

仿照例句做練習。

교실
담배를 피우다

가 : 어! 로이 씨, 교실에서 담배를
　　피우지 마세요.
나 : 아이고, 죄송합니다.

교실
영어를 하다

가 : 어! _____.
나 : 아이고, 죄송합니다.

영화관
전화를 하다

가 : _____.
나 : _____.

박물관
사진을 찍다

가 : _____.
나 : _____.

공원
잔디밭에
들어가다

가 : _____.
나 : _____.

듣기 연습 聽力練習

01 금지 표현하기 禁止的表達

CD會連放兩次。請仔細聽並寫下來。

최지영 : 앗! 로이 씨, 교실에서 담배를 피우지 마세요.

로이 : 아이고, 죄송합니다.

정답 : (②) 교실에서 담배를 피우지 마세요.

1. (　　　) ＿＿＿＿＿＿＿＿＿＿＿＿＿＿＿지 마세요.

2. (　　　) ＿＿＿＿＿＿＿＿＿＿＿＿＿＿＿지 마세요.

3. (　　　) ＿＿＿＿＿＿＿＿＿＿＿＿＿＿＿지 마세요.

4. (　　　) ＿＿＿＿＿＿＿＿＿＿＿＿＿＿＿지 마세요.

5. (　　　) ＿＿＿＿＿＿＿＿＿＿＿＿＿＿＿지 마세요.

6. (　　　) ＿＿＿＿＿＿＿＿＿＿＿＿＿＿＿지 마세요.

이준기와 이야기하기 跟李準基聊天

| **스테파니 씨 하숙집의 규칙** | 史蒂芬妮寄宿之家的規定

大家也來製定一下家裡的規定吧!

1. 아침 7시에 일어나세요.

2. 아침에 일어나면 청소하세요.

3. 밤에는 큰 소리로 떠들지 마세요.

4. 방에서 술을 마시지 마세요.

5. 담배는 밖에서 피우세요.

6. 식사 시간에 늦지 마세요.

7. 밤에 세탁하지 마세요.

8. 밤 12시까지 들어오세요.

| **우리 집의 규칙** | 我家的規定

1. _____ .

2. _____ .

3. _____ .

4. _____ .

5. _____ .

6. _____ .

7. _____ .

8. _____ .

금지와 명령의 표현 禁止與命令的表達

실내에서 담배를
피우지 마세요

請勿在室內吸菸。

잔디밭에 들어가지 마세요

禁止踐踏草坪。

작품에 손대지 마세요

請勿碰觸作品。

이곳에 앉지 마세요

請勿坐在此處。

이곳에 주차하지 마세요

此處禁止停車。

본체 위에 물건을
올려놓지 마세요

主機上請勿放東西。

휴대폰 전원을 꺼 주세요

請關閉手機。

휴지는 휴지통에 버려 주세요

垃圾請扔在垃圾桶裡。

한 줄로 서 주세요

請排隊。

노약자에게 자리를
양보해 주세요

請讓座給老弱婦孺。

H E L L O ~
K O R E A N

부록

본|문|번|역
듣|기|연|습|답|안
이|준|기|와|이|야|기|하|기|번|역
문|법|회|화|연|습|답|안
색|인

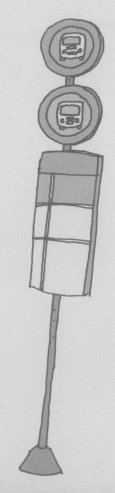

본문 번역 課文翻譯

第一課 你好！

崔志英：你好！
路　易：您好！
崔志英：我叫崔志英。
路　易：我叫路易。
崔志英：我是韓國人。
　　　　路易你是哪國人呢？
路　易：我是香港人。
崔志英：認識你很高興。
路　易：我也很高興。

第二課 這是什麼？

麗　麗：這是什麼？
李準基：是交通卡。
麗　麗：那是炒年糕嗎？
李準基：對，是炒年糕。
麗　麗：那個是紫菜飯糰嗎？
李準基：不，不是紫菜飯糰。是餡餅。

第三課 泡麵一包多少錢？

大　叔：歡迎光臨。
史蒂芬妮：泡麵一包多少錢？
大　叔：500元。
史蒂芬妮：給我兩包泡麵，三瓶啤酒。
大　叔：一共5500元。謝謝，請慢走。
史蒂芬妮：再見。

第四課 今天是幾號？

李準基：維維安，今天幾號？
維維安：今天是9月28號。
李準基：今天星期幾？
維維安：今天星期四。
李準基：維維安，你的生日是什麼時候？
維維安：我的生日是10月9號。

第五課 現在幾點了？

貝　森：請問，現在幾點了？
崔志英：現在 3點半。
貝　森：韓國語課從幾點上到幾點？
崔志英：九點開始，一點結束。
貝　森：謝謝。

第六課 我家在新村

崔志英：路易你家在哪裡？
路　易：我家在新村。
崔志英：你家在幾樓？
路　易：我的家在4樓。
崔志英：家裡有停車場嗎？
路　易：是的，有。
崔志英：有電梯嗎？
路　易：不，沒有電梯。

第七課 我今天去看電影

戴安娜：李準基，你今天做什麼？
李準基：我今天去看電影。
　　　　戴安娜，你今天做什麼？

戴安娜：今天我學韓語。

李準基：明天也學韓語嗎？

戴安娜：不，我週末不學韓語。我見朋友。

第八課 週末去明洞

崔志英：玻蒂，你週末去哪裡？

玻　蒂：（我週末）去明洞。

崔志英：去明洞做什麼？

玻　蒂：去明洞看電影。
　　　　崔智英你週末做什麼？

崔志英：我去圖書館。

玻　蒂：去圖書館做什麼？

崔志英：去圖書館看書，上網。

第九課 今天天氣如何？

王夏宇：史蒂芬妮，今天天氣怎麼樣？

史蒂芬妮：今天天氣很好

王夏宇：澳大利亞最近天氣怎麼樣？

史蒂芬妮：澳大利亞最近天氣很熱，還下雨。
　　　　中國最近天氣怎麼樣？

王夏宇：中國最近天氣好是好，但是有點冷。

第十課 今天做什麼？

李準基：麗麗，你去哪裡？

麗　麗：我現在去圖書館。
　　　　李準基，你也去圖書館嗎？

李準基：不，我不去圖書館，我去明洞。

麗　麗：貝森也一起去明洞嗎？

貝　森：是啊，我也去明洞。

麗　麗：去明洞做什麼？

貝　森：我們一起去明洞逛街，吃飯。

第十一課 去百貨公司購物

崔志英：貝森，你週末一般做什麼？

貝　森：我週末一般早晨起來喝咖啡。
　　　　再去百貨公司購物。
　　　　下午和朋友見面一起看電影。
　　　　晚上和朋友一起做飯吃。

第十二課 昨天我看電影了

李準基：真澄，昨天做什麼了？

真　澄：在明洞喝咖啡看電影了。

李準基：看什麼電影了？

真　澄：看了「王的男人」，你昨天做什麼了？

李準基：和朋友一起去東大門市場了。

真　澄：去東大門市場做什麼了？

李準基：去東大門市場買衣服，吃拌麵了。

第十三課 今天喝一杯怎麼樣？

崔志英：玻蒂，今天有時間的話喝一杯怎麼樣？

玻　蒂：好啊，去哪裡（喝）呢？

崔志英：去韓國大學旁邊的酒吧吧。

玻　蒂：嗯，好的。
　　　　那麼我們在哪裡見？

崔志英：今晚6點在韓國大學前面見吧。

玻　蒂：嗯，好的。

第十四課 現在在喝紅酒

李準基：你好，戴安娜

戴安娜：你好，李準基，好久不見了。

李準基：戴安娜你在喝什麼呢？

戴安娜：我在喝紅酒。

李準基：戴安娜你最近在做什麼？

戴安娜：嗯，我最近在練吉他。

李準基：戴安娜，你把紅酒全喝完了嗎？

戴安娜：沒有，還在喝呢。

第十五課 去景福宮怎麼走？

崔 志 英：史蒂芬妮，這週末有時間嗎？

史蒂芬妮：嗯，有時間，怎麼了？

崔 志 英：那麼這週末一起去景福宮好嗎？

史蒂芬妮：嗯，好的。
　　　　　但是，從學校到景福宮怎麼走啊？

崔 志 英：在漢南站坐地鐵中央線。
　　　　　然後在玉水站換乘地鐵三號線。
　　　　　在景福宮站下車。

史蒂芬妮：好，知道了。

듣기 연습 답안 聽力練習解答

4과

01 날짜 받아쓰기 1

1. 가 : 오늘은 며칠이에요?
   나 : 오늘은 3월 10일이에요.
2. 가 : 오늘은 며칠이에요?
   나 : 오늘은 6월 6일이에요.
3. 가 : 오늘은 며칠이에요.
   나 : 오늘은 11월 30일이에요.

02 날짜 받아쓰기 2

1. 가 : 로이 씨, 생일이 언제예요?
   나 : 제 생일은 10월 10일이에요.
2. 가 : 비비엔 씨, 시험이 언제예요?
   나 : 시험은 9월 18일이에요.
3. 가 : 인터뷰가 언제예요?
   나 : 인터뷰는 6월 5일이에요.

03 요일 받아쓰기

1. 가 : 내일은 무슨 요일이에요?
   나 : 내일은 화요일이에요.
2. 가 : 내일은 무슨 요일이에요?
   나 : 내일은 목요일이에요.
3. 가 : 내일은 무슨 요일이에요?
   나 : 내일은 금요일이에요.

5과

01 시간 묻고 답하기

1. 가 : 실례지만, 지금 몇 시예요?
   나 : 지금 두 시 반이에요.(2:30)
   가 : 감사합니다.
2. 가 : 실례지만, 지금 몇 시예요?
   나 : 지금 다섯 시 이십오 분이에요.(5:25)
   가 : 감사합니다.
3. 가 : 실례지만, 지금 몇 시예요?
   나 : 지금 여덟 시 오 분 전이에요.(7:55)
   가 : 감사합니다.
4. 가 : 실례지만, 지금 몇 시예요?
   나 : 지금 열 시 사십 분이에요.(10:40)
   가 : 감사합니다.

02 영업 시간 묻고 답하기

1. 가 : 실례지만, 은행은 몇 시부터 몇 시까지예요?
   나 : 은행시간은 9시부터 4시까지예요.
   가 : 고맙습니다.
2. 가 : 실례지만, 백화점은 몇 시부터 몇 시까지예요?
   나 : 백화점은 10시 반부터 7시 30분까지예요.
   가 : 고맙습니다.
3. 가 : 실례지만, 도서관은 몇 시부터 몇 시까지예요?
   나 : 도서관은 새벽 5시부터 밤 12시까지예요.
   가 : 고맙습니다.
4. 가 : 실례지만, 편의점은 몇 시부터 몇 시까지예요?
   나 : 편의점은 24시간이에요.
   가 : 고맙습니다.

6과

01 장소 찾기

1. 가 : 실례합니다, 은행이 어디에 있어요?
   나 : 은행은 병원하고 백화점 사이에 있어요.
   가 : 고맙습니다.
2. 가 : 실례합니다, 과일 가게가 어디에 있어요?
   나 : 과일 가게는 공원 앞에 있어요.
   가 : 고맙습니다.
3. 가 : 실례합니다, 식당이 어디에 있어요?
   나 : 식당은 슈퍼마켓 옆에 있어요.
   가 : 고맙습니다.
4. 가 : 실례합니다, 슈퍼마켓이 어디에 있어요?

나 : 슈퍼마켓은 과일 가게하고 식당 사이에 있어요.
가 : 고맙습니다.
5. 가 : 실례합니다. 병원이 어디에 있어요?
　　나 : 병원은 은행 옆에 있어요.
　　가 : 고맙습니다.
6. 가 : 실례합니다, 주유소가 어디에 있어요?
　　나 : 주유소는 영화관 옆에 있어요.
　　가 : 고맙습니다.

8과

01 주말 활동 묻기

1. (③, ⑥)
가 : 로이 씨, 주말에 무엇을 합니까?
나 : 저는 주말에 쇼핑을 하고 영화를 봅니다.
2. (①, ⑧)
가 : 퍼디 씨, 주말에 무엇을 합니까?
나 : 저는 주말에 요리하고 청소합니다.
3. (⑤, ⑦)
가 : 다이애나 씨, 주말에 무엇을 합니까?
나 : 저는 주말에 인터넷을 하고 노래를 합니다.
4. (④, ⑥)
가 : 로베르토 씨, 주말에 무엇을 합니까?
나 : 저는 주말에 커피를 마시고 영화를 봅니다.

10과

01 주말 활동 묻기

1. (⑧, ⑤)
가 : 비비엔 씨, 주말에 뭐 해요?
나 : 종로에서 영화를 보고 맥주를 마셔요.
2. (②, ③)
가 : 스테파니 씨, 주말에 뭐 해요?
나 : 롯데월드에서 바이킹을 타고 롤러코스터를 타요.

3. (④, ⑨)
가 : 퍼디 씨, 주말에 뭐 해요?
나 : 대학로에서 연극을 보고 밥을 먹어요.
4. (⑦, ⑥)
가 : 다이애나 씨, 주말에 뭐 해요?
나 : 집에서 그림을 그리고 요리를 해요.

11과

01 하루 일과 묻기

1. (①, ⑧)
가 : 최지영 씨, 아침에 일어나서 뭐 해요?
나 : 저는 아침에 일어나서 운동하고 신문을 읽어요.
2. (⑤, ⑥)
가 : 리리 씨, 저녁에 집에 가서 뭐 해요?
나 : 저는 집에 가서 요리하고 커피를 마셔요.
3. (③, ④)
가 : 로베르토 씨, 학교에 가서 뭐 해요?
나 : 저는 학교에 가서 그림을 그리고 인터넷을 해요.
4. (②, ⑥)
가 : 마스미 씨, 보통 친구를 만나서 뭐 해요?
나 : 저는 친구를 만나서 쇼핑하고 커피를 마셔요.

12과

01 지난 일 묻기

1. (⑥, ⑨)
가 : 벤슨 씨, 지난 주말에 무엇을 했어요?
나 : 저는 지난 주말에 친구하고 같이 맥주를 마시고
　　노래했어요.
2. (②, ⑦)
가 : 다이애나 씨, 지난 주말에 무엇을 했어요?
나 : 저는 지난 주말에 등산하고 친구 집에 갔어요.
3. (①, ⑥)

가 : 로이 씨, 지난 주말에 무엇을 했어요?
나 : 저는 지난 주말에 골프를 치고 맥주를 마셨어요.
4. (⑧, ⑤)
가 : 퍼디 씨, 지난 주말에 무엇을 했어요?
나 : 저는 지난 주말에 태권도를 하고 잤어요.

13과

01 방학 계획 묻기

1. (⑤, ⑧)
가 : 리리 씨, 방학을 하면 뭐 해요?
나 : 저는 방학을 하면 태권도를 하고 피아노를 쳐요.
2. (②, ③)
가 : 퍼디 씨, 방학을 하면 뭐 해요?
나 : 저는 방학을 하면 등산을 하고 골프를 쳐요.
3. (④, ⑨)
가 : 로베르토 씨, 방학을 하면 뭐 해요?
나 : 저는 방학을 하면 친구를 만나고 여행을 해요.
4. (⑥, ⑦)
가 : 마스미 씨, 방학을 하면 뭐 해요?
나 : 저는 방학을 하면 유럽에 가고 사진을 찍어요.

14과

01 친구들의 행동에 대해 말하기 1

1. 퍼디 씨는 맥주를 마시고 있어요.
2. 이준기 씨는 스테파니 씨의 사진을 찍고 있어요.
3. 왕샤위 씨는 책을 읽고 있어요.
4. 최지영 씨는 잠을 자고 있어요.
5. 다이애나 씨하고 벤슨 씨는 아이스크림을
   먹고 있어요.
6. 로베르토 씨는 콜라를 마시고 있어요.
7. 비비엔 씨는 기타를 치고 있어요.

02 친구들의 행동에 대해 말하기 2

1. 리리 씨는 지금 사과를 먹고 있어요.
2. 마스미 씨는 지금 일본 카레를 만들고 있어요.
3. 퍼디 씨는 지금 텔레비전을 보고 있어요.
4. 로이 씨는 지금 음악을 듣고 있어요.
5. 다이애나 씨는 지금 책을 읽고 있어요.
6. 비비엔 씨는 지금 커피를 마시고 있어요.
7. 벤슨 씨는 지금 잠을 자고 있어요.

15과

01 금지 표현하기

1. (③)
가 : 어! 스테파니 씨, 여기서 전화를 하지 마세요.
나 : 아이고, 죄송합니다.
2. (⑦)
가 : 어! 리리 씨, 밤에 피아노를 치지 마세요.
나 : 아이고, 죄송합니다.
3. (⑤)
가 : 앗! 퍼디 씨, 그림을 만지지 마세요.
나 : 아이고, 죄송합니다.
4. (⑧)
가 : 앗! 왕샤위 씨, 수업 시간에 자지 마세요.
나 : 아이고, 죄송합니다.
5. (④)
가 : 앗! 로베르토 씨, 맥주를 마시지 마세요.
나 : 아이고, 죄송합니다.
6. (⑥)
가 : 앗! 벤슨 씨, 복도에서 뛰지 마세요.
나 : 아이고, 죄송합니다.

이준기와 이야기하기 번역 「跟李準基聊天」翻譯

第一課 自我介紹

李準基

你好！
我叫李準基。
我是韓國人。
我是電影演員。
我的愛好是打跆拳道。
見到你很高興。

維維安

你好！
我叫維維安
我是德國人。
我是學生。
我的愛好是欣賞電影。
認識你很高興。

第二課 詢問價格

李 準 基：這是時鐘嗎？
史蒂芬妮：是的，那是時鐘。
李 準 基：那是什麼？
史蒂芬妮：這是電腦。
李 準 基：那是電話卡嗎？
史蒂芬妮：不是，那不是電話卡。是交通卡。

第三課 購物

阿　姨：請進，您需要什麼？
李準基：蘋果多少錢一個？
阿　姨：蘋果 500元一個。
李準基：那個香蕉多少錢一串？
阿　姨：這香蕉 2000元一串。
李準基：請給我兩個蘋果和兩串香蕉。

阿　姨：給您，一共 5000元。
李準基：再見。
阿　姨：謝謝，請慢走。

第四課 問日期、星期、生日

李準基：維維安，今天幾號？
維維安：今天是6月20號。
李準基：今天是星期一嗎？
維維安：是的，今天是星期一。
李準基：你的生日是什麼時候？
維維安：我的生日是10月9號。
李準基：啊？10月9號是韓文節。
維維安：啊，是這樣啊。

第五課 時間、營業時間的問答

麗　麗：請問，現在幾點？
李準基：現在是2點 45分。
麗　麗：銀行幾點到幾點營業？
李準基：銀行營業時間是9點到4點。
麗　麗：東大門市場幾點到幾點營業？
李準基：東大門市場晚上5點到早晨5點營業。
麗　麗：謝謝。

第六課 問世界名勝

李 準 基：史蒂芬妮，歌劇院在哪裡？
史蒂芬妮：歌劇院在雪梨。
李 準 基：金字塔在哪裡？
史蒂芬妮：金字塔在埃及。
李 準 基：艾菲爾鐵塔在德國嗎？
史蒂芬妮：不，艾菲爾鐵塔在法國。
李 準 基：謝謝。

第七課 日程問答——李準基的一週日程

李準基：戴安娜，你在做什麼？
戴安娜：我在看書。
李準基：戴安娜，你明天做什麼？
戴安娜：我明天看電影。
李準基：那，週末做什麼？
戴安娜：週末和朋友見面。

星期一　學習漢語
星期二　學習漢語
星期三　拍電影
星期四　讀書
星期五　學習漢語
星期六/星期日　見朋友

星期一和星期二我學漢語。
星期五也學漢語
星期三不學漢語，拍電影。
星期四讀書。
週末見朋友

第八課 關於週末計劃進行問答

李準基：崔智英，你週末去哪裡？
崔志英：我週末去光化門。
李準基：到光化門做什麼？
崔志英：到光化門參觀一個展覽會，喝咖啡。
　　　　李準基，你週末去哪裡？
李準基：我週末去新村。
崔志英：到新村做什麼？
李準基：到新村買個皮包，吃飯。

第九課 尋問天氣，問對韓國的印象

李準基：王夏宇，你是哪國人？
王夏宇：我是中國人。
李準基：中國最近天氣怎麼樣？
王夏宇：中國最近天氣很涼爽。
李準基：韓國天氣怎麼樣？
王夏宇：韓國天氣暖和，非常好。
李準基：學韓國語怎麼樣？
　　　　韓國語老師怎麼樣？
王夏宇：學韓國語很難，但是有意思。
　　　　韓國語老師既幽默又親切。

第十課 尋問朋友今天的行程

李準基：麗麗，你今天做什麼？
麗　麗：今天我學習韓國語。
李準基：在哪裡學習韓國語？
麗　麗：在圖書館學習韓國語。
　　　　李準基，你今天做什麼？
李準基：我今天去汝矣島。
麗　麗：到汝矣島幹什麼？
李準基：在汝矣島電視台拍戲。

第十一課 問朋友的生活

貝　森：李準基，你早晨一般起床後做什麼？
李準基：我早晨很早起床到公園鍛練身體。
貝　森：週末一般幹什麼？
李準基：見泰國朋友學泰國語。
　　　　然後回家整理一天的日程。
　　　　貝森，你週末一般做什麼？
貝　森：我週末一般看電影，見朋友。

第十二課 表達上週活動讀寫

李準基：維維安，你週末做什麼了？
維維安：我週末跟朋友一起購物了。
李準基：在哪裡購物？
維維安：在明洞購物。李準基，你週末做什麼了？
李準基：我週末鍛練身體了。
維維安：做了什麼運動？
李準基：練了跆拳道。

2010年 5月 5日 晴
昨天天氣很好。
老師和朋友到我家來了。
維維安跟男朋友一起來了。
我們一起吃了西班牙料理和中國料理，喝了日本茶。
維維安和羅貝托唱了歌。
路易也唱了香港歌曲。
非常好。

第十三課 問對方意圖並回答

李準基：真澄，這個週末一起去景福宮好嗎？
真　澄：好。
李準基：坐公車還是坐地鐵？
真　澄：坐地鐵吧。李準基，今天中午打算吃什麼？
李準基：吃拌飯。
真　澄：好的。

第十四課 問生活習慣

李準基：戴安娜，你早晨運動嗎？
戴安娜：是的，我早晨做運動。
李準基：戴安娜，你抽菸嗎？
戴安娜：不，我不抽菸。
李準基：那，最近看韓國連續劇嗎？

戴安娜：是的，我最近看韓國連續劇。

第十五課 史蒂芬尼寄宿之家的規定

1. 早晨7點起床。
2. 起床後打掃。
3. 夜裡不許大聲喧嘩。
4. 不許在家喝酒。
5. 請到外面抽菸。
6. 吃飯時間請勿遲到。
7. 請勿夜間洗衣服。
8. 請12點之前回家。

문법·회화 연습 답안 語法、會話練習解答

1과 회화 연습

P. 54
나 : 로베르토
가 : 이름이 무엇입니까?
나 : 제 이름은 리리입니다.
가 : 이름이 무엇입니까?
나 : 제 이름은 퍼디입니다.
가 : 이름이 무엇입니까?
나 : 제 이름은 마스미입니다.

P. 55
나 : 홍콩
가 : 어느 나라 사람입니까?
나 : 저는 중국 사람입니다.
가 : 어느 나라 사람입니까?
나 : 저는 일본 사람입니다.
가 : 어느 나라 사람입니까?
나 : 저는 필리핀 사람입니다.

P. 56
나 : 의사
가 : 왕샤위 씨 직업이 무엇입니까?
나 : 제 직입은 경찰관입니다.
가 : 마스미 씨 직업이 무엇입니까?
나 : 제 직업은 요리사입니다.
가 : 퍼디 씨 직업이 무엇입니까?
나 : 제 직업은 학생입니다.

P. 57
나 : 요리
가 : 취미가 무엇입니까?
나 : 제 취미는 축구입니다.
가 : 취미가 무엇입니까?
나 : 제 취미는 독서입니다.
가 : 취미가 무엇입니까?
나 : 제 취미는 태권도입니다.

2과 문법·회화 연습

P. 67
시계입니까?/시계가 아닙니다
떡볶이가 아닙니다
김밥입니까?/김밥이 아닙니다
휴대폰입니다/휴대폰이 아닙니다

P. 68
나 : 지갑
가 : 이것은 무엇입니까?
나 : 그것은 안경입니다.
가 : 이것은 무엇입니까?
나 : 그것은 구두입니다.
가 : 이것은 무엇입니까?
나 : 그것은 전화카드입니다.

P. 69
나 : 비빔밥
가 : 이것은 치약입니까?
나 : 네, 그것은 치약입니다.
가 : 이것은 비누입니까?
나 : 네, 그것은 비누입니다.
가 : 이것은 샴푸입니까?
나 : 네, 그것은 샴푸입니다.

P. 70
나 : 비빔밥이/삼계탕
가 : 이것은 불고기입니까?
나 : 아니요, 불고기가 아닙니다.
　　　그것은 자장면입니다.
가 : 이것은 비누입니까?
나 : 아니요, 비누가 아닙니다.
　　　그것은 수건입니다.
가 : 이것은 숟가락입니까?
나 : 아니요, 숟가락이 아닙니다.
　　　그것은 젓가락입니다.

3과 문법·회화 연습

P. 80
커피하고 콜라
햄하고 통조림
바나나하고 수박
건전지하고 휴대폰
밥하고 계란

P. 81
포도예요
바나나예요/바나나가 아니에요
휴대폰이에요
오백 원이 아니에요

P. 84
가 : 이것은 건전지예요?
나 : 네, 그것은 건전지예요.
가 : 그것은 배예요?
나 : 아니요, 그것은 배가 아니에요. 사과예요.
가 : 저것은 과자예요?
나 : 아니요, 그것은 과자가 아니에요.
　　그것은 빵이에요.

P. 85
나 : 사이다 세 병/맥주 두 병
가 : 뭘 드릴까요?
나 : 돼지고기 일 킬로그램하고, 닭고기 한 마리 주세요.
가 : 뭘 드릴까요?
나 : 계란 열 개하고, 캔 커피 다섯 개하고,
　　화장지 여섯 개 주세요.
가 : 뭘 드릴까요?
나 : 형광등 한 개하고, 휴지 일곱 개하고,
　　바나나 한 송이주세요.

P. 86
가 : 바나나는/한 송이
나 : 바나나는/한 송이/이천 원
가 : 이 콜라는 한 병에 얼마예요?

나 : 그 콜라는 한 병에 육백 원이에요.
가 : 그 소고기는 일 킬로그램에 얼마예요?
나 : 그 소고기는 일 킬로그램에 만 이천 원이에요.
가 : 그 생선은 한 마리에 얼마예요?
나 : 그 생선은 한 마리에 삼천오백 원이에요.

4과 문법·회화 연습

P. 96
유월 육일이에요
칠월 칠일이에요
팔월 십오일이에요
구월 삼십일이에요
시월 오일이에요

P. 97
나 : 2월 18일
가 : 오늘은 며칠이에요?
나 : 오늘은 10월 9일이에요.
가 : 내일은 며칠이에요?
나 : 내일은 4월 10일이에요.
가 : 모레는 며칠이에요?
나 : 모레는 11월 11일이에요.

P. 98
나 : 10월 20일
가 : 수료식이 언제예요?
나 : 수료식은 12월 28일이에요.
가 : 방학이 언제예요?
나 : 방학은 7월 23일이에요.
가 : 오리엔테이션은 언제예요?
나 : 오리엔테이션은 2월 27일이에요.

P. 99
나 : 화요일
가 : 모레는 무슨 요일이에요?
나 : 모레는 수요일이에요.
가 : 7월 3일은 무슨 요일이에요?

나 : 7월 3일은 일요일이에요.
가 : 오늘은 무슨 요일이에요?
나 : 오늘은 토요일이에요.

5과 회화 연습

P. 112
나 : 아홉 시
가 : 실례지만, 지금 몇 시예요?
나 : 지금 열두 시 반이에요.
　　(열두 시 삼십 분이에요.)
가 : 고맙습니다.
나 : 실례지만, 지금 몇 시예요?
가 : 지금 네 시 십오 분이에요.
나 : 고맙습니다.
가 : 실례지만, 지금 몇 시예요?
나 : 지금 여덟 시 오십 분이에요.
　　(아홉 시 십 분 전이에요.)
가 : 고맙습니다.

P. 113
가 : 우체국은
나 : 우체국은/9시부터 6시까지
가 : 실례지만 은행은 몇 시부터 몇 시까지예요?
나 : 은행은 9시부터 4시까지예요.
가 : 고맙습니다.
가 : 출입국관리소는 몇 시부터 몇 시까지예요?
나 : 출입국관리소는 9시부터 5시까지예요.
가 : 고맙습니다.
가 : 실례지만 병원은 몇 시부터 몇 시까지예요?
나 : 병원은 24시간이에요.
가 : 고맙습니다.

6과 문법·회화 연습

P. 121
오른쪽/아래(밑)
(앞)(뒤)(밖)
(사이)

P. 122
가 : 화장실이
나 : 화장실은/매점 앞
가 : 실례합니다. 계단이 어디에 있어요?
나 : 계단은 엘리베이터 옆(오른쪽)에 있어요.
가 : 감사합니다.
가 : 실례합니다. 휴지통이 어디에 있어요?
나 : 휴지통은 책상 옆(오른쪽)에 있어요.
가 : 감사합니다.
가 : 실례합니다. 구두가 어디에 있어요?
나 : 구두는 가방 앞에 있어요.
가 : 감사합니다.

P. 123
가 : 세탁소가
니 : 세탁소는/편의점 옆(편의점 오른쪽)
가 : 실례합니다. 은행이 어디에 있어요?
나 : 은행은 주유소와 도서관 사이(주유소 옆/
　　주유소 오른쪽/도서관 옆/도서관 왼쪽)에 있어요.
가 : 감사합니다.
가 : 실례합니다. 꽃 가게가 어디에 있어요?
나 : 꽃 가게는 주유소 왼쪽(주유소 옆)에 있어요.
가 : 감사합니다.
가 : 실례합니다. 주유소는 어디에 있어요?
나 : 주유소는 꽃 가게 오른쪽(은행 왼쪽/꽃 가게와
　　은행 사이/꽃 가게 옆/은행 옆)에 있어요.
가 : 감사합니다.

P. 124
가 : 비비엔 씨 뒤에 퍼디 씨가 있어요?
나 : 네, 비비엔 씨 뒤에 퍼디 씨가 있어요.
가 : 책상 위에 컴퓨터가 있어요?

나 : 네, 책상 위에 컴퓨터가 있어요.
가 : 가방 안에 옷이 있어요?
나 : 네, 가방 안에 옷이 있어요.

P. 125
가 : 냉장고가
나 : 냉장고는/3층
가 : 실례합니다. 화장실이 몇 층에 있어요?
나 : 화장실은 2층에 있어요.
가 : 감사합니다.
가 : 실례합니다. 지갑이 몇 층에 있어요?
나 : 지갑은 1층에 있어요.
가 : 감사합니다.
가 : 실례합니다. 주차장이 몇 층에 있어요?
나 : 주차장은 B2, 3층에 있어요.
가 : 감사합니다.

7과 문법·회화 연습

P. 136
배우지 않습니다
마십니까?
씁니다/쓰지 않습니다
만납니까?/만나지 않습니다
먹습니다

P. 137
가 : 로이 씨
나 : 지금 맥주를 마십니다.
가 : 비비엔 씨, 지금 무엇을 합니까?
나 : 저는 지금 바나나를 먹습니다.
가 : 왕샤위 씨, 지금 무엇을 합니까?
나 : 저는 지금 음악을 듣습니다.
가 : 퍼디 씨, 지금 무엇을 합니까?
나 : 저는 지금 요리를 합니다.

P. 138
나 : 주말에 친구를 만납니다.

가 : 언제 청소를 합니까?
나 : 저는 아침에 청소를 합니다.
가 : 언제 책을 읽습니까?
나 : 저는 잠자기 전에 책을 읽습니다.
가 : 언제 영화를 봅니까?
나 : 저는 토요일, 일요일에 영화를 봅니다.

P. 139
가 : 이준기 씨, 오늘 피자를 먹습니까?
나 : 네, 피자를 먹습니다.
가 : 벤슨 씨, 오늘 책을 읽습니까?
나 : 아니요, 책을 읽지 않습니다. 텔레비전을 봅니다.
가 : 왕샤위 씨, 오늘 영화를 봅니까?
나 : 아니요, 영화를 보지 않습니다. 음악을 듣습니다.

8과 문법·회화 연습

P. 147
책을 읽고 편지를 씁니다
텔레비전을 보고 잠을 잡니다
밥을 먹고 영화를 봅니다
친구를 만나고 도서관에 갑니다
커피를 마시고 음악을 듣습니다
백화점에 가고 쇼핑을 합니다

P. 148
가 : 최지영
나 : 명동
가 : 리리 씨, 어디에 갑니까?
나 : 저는 교회에 갑니다.
가 : 마스미 씨, 어디에 갑니까?
나 : 저는 백화점에 갑니다.
가 : 왕샤위 씨, 어디에 갑니까?
나 : 저는 식당에 갑니다.

P. 149
나 : 학교/한국어를 가르칩니다.
가 : 어디에서 친구를 만납니까?

나 : 저는 명동에서 친구를 만납니다.
가 : 어디에서 비빔밥을 먹습니까?
나 : 저는 식당에서 비빔밥을 먹습니다.
가 : 어디에서 책을 읽습니까?
나 : 저는 도서관에서 책을 읽습니다.

P. 150
나 : 오늘 오후/텔레비전을 보/편지를 씁니다.
가 : 오늘 오후에 무엇을 합니까?
나 : 저는 오늘 오후에 명동에서 영화를 보고
친구를 만납니다.
가 : 일요일에 무엇을 합니까?
나 : 저는 일요일에 공원에서 운동하고
그림을 그립니다.
가 : 내일 무엇을 합니까?
나 : 저는 내일 신문을 읽고 커피를 마십니다.

9과 문법·회화 연습

P. 162
덥지 않습니다
춥습니다
시원하지 않습니다
비가 오지 않습니다
눈이 내립니다

P. 163
나 : 호주는 날씨가 덥습니다.
가 : 일본은 날씨가 어떻습니까?
나 : 일본은 날씨가 덥고 비 옵니다.
가 : 홍콩은 날씨가 어떻습니까?
나 : 홍콩은 날씨가 시원합니다.
가 : 제주도는 날씨가 어떻습니까?
나 : 제주도는 날씨가 따뜻합니다.

P. 164
나 : 김치는 맵지만 맛있습니다.
가 : 한국 음식은 어떻습니까?

나 : 한국 음식은 맛있지만 비쌉니다.
가 : 지하철은 어떻습니까?
나 : 지하철은 빠르지만 복잡합니다.
가 : 한국어 공부는 어떻습니까?
나 : 한국어 공부는 어렵지만 재미있습니다.

P. 165
나 : 맵지 않습니다. 맛있습니다.
가 : 만들기는 어렵습니까?
나 : 아니요, 만들기는 어렵지 않습니다. 쉽습니다.
가 : 버스는 사람이 적습니까?
나 : 아니요, 버스는 사람이 적지 않습니다. 많습니다.
가 : 백화점은 쌉니까?
나 : 아니요, 백화점은 싸지 않습니다. 비쌉니다.

10과 문법·회화 연습

P. 178
만나요/안 만나요/만나지 않아요
와요/안 와요/오지 않아요
봐요/안 봐요/보지 않아요
앉아요/안 앉아요/앉지 않아요
서요/안 서요/서지 않아요
배워요/안 배워요/배우지 않아요
먹어요/안 먹어요/먹지 않아요
그려요/안 그려요/그리지 않아요
가르쳐요/안 가르쳐요/가르치지 않아요
마셔요/안 마셔요/마시지 않아요
요리해요/요리 안 해요/요리하지 않아요
청소해요/청소 안 해요/청소하지 않아요
추워요/안 추워요/춥지 않아요
더워요/안 더워요/덥지 않아요

P. 179
가 : 퍼디 씨, 어디에 가요?
나 : 민속촌에 가요.
가 : 퍼디 씨, 민속촌에 가요?
나 : 아니요, 민속촌에 안 가요. 롯데월드에 가요.

가 : 퍼디 씨, 강남에 가요?
나 : 아니요, 강남에 안 가요. 신촌에 가요.

P. 180
나 : 롯데월드에서 바이킹을 타요.
가 : 오늘 뭐 해요?
나 : 인사동에서 전통차를 마셔요.
가 : 오늘 뭐 해요?
나 : 저는 공원에서 그림을 그려요.
가 : 오늘 뭐 해요?
나 : 저는 강남에서 떡볶이를 먹고 쇼핑을 해요.

P. 181
나 : 영화를 안 봐요. 친구를 만나요.
가 : 학교에서 한국어를 공부해요?
나 : 아니요, 저는 한국어를 공부 안 해요.
　　 영어를 가르쳐요.
가 : 집에서 텔레비전을 봐요?
나 : 아니요, 저는 텔레비전을 안 봐요. 청소해요.
가 : 롯데월드에서 바이킹을 타요?
나 : 아니요, 바이킹을 안 타요. 롤러코스터를 타요.

11과 회화 연습

P. 190
가 : 아침에 일어나서 보통
나 : 아침에 일어나서 신문을 읽어요.
가 : 아침에 일어나서 보통 뭐 해요?
나 : 저는 아침에 일어나서 청소해요.
가 : 아침에 일어나서 보통 뭐 해요?
나 : 저는 아침에 일어나서 샤워해요.
가 : 아침에 일어나서 보통 뭐 해요?
나 : 저는 아침에 일어나서 밥을 먹어요.

P. 191
가 : 학교에 가서 보통
나 : 학교에 가서 친구를 만나요.
가 : 동대문시장에 가서 보통 뭐 해요?

나 : 저는 동대문시장에 가서 옷을 사요.
가 : 이태원에 가서 보통 뭐 해요?
나 : 저는 이태원에 가서 맥주를 마셔요.
가 : 인사동에 가서 보통 뭐 해요?
나 : 저는 인사동에 가서 선물을 사요.

P. 192
가 : 친구를 만나서 보통
나 : 친구를 만나서 커피를 마셔요.
가 : 친구를 만나서 보통 뭐 해요?
나 : 저는 친구를 만나서 영화를 봐요.
가 : 이준기 씨를 만나서 보통 뭐 해요?
나 : 저는 이준기 씨를 만나서 피자를 먹어요.
가 : 로이 씨를 만나서 보통 뭐 해요?
나 : 저는 로이 씨를 만나서 놀이 기구를 타요.

P. 193
가 : 요리해서
나 : 요리해서 친구와 같이 먹어요.
가 : 김치를 만들어서 뭐 해요?
나 : 저는 김치를 만들어서 친구에게 줘요.
가 : 스파게티를 만들어서 뭐 해요?
나 : 저는 스파게티를 만들어서 친구와 같이 먹어요.
가 : 편지를 써서 뭐 해요?
나 : 저는 편지를 써서 친구에게 보내요.

P. 196
아픕니다/아파요
예쁘지 않습니다/안 예뻐요
예쁘지만/예뻐서
기쁩니다/기뻐요
기쁘고/기쁘지 않아요
기쁘지만/기뻐서
쓰지 않습니다/안 써요

12과 문법·회화 연습

P. 204
안 만났어요
안 왔어요/오지 않았어요
보지 않았어요
앉았어요
배웠어요/안 배웠어요
읽었어요/안 읽었어요
그렸어요/그리지 않았어요

P. 205
나 : 지난 주말에 도서관에 갔어요.
가 : 지난 주말에 어디에 갔어요?
나 : 저는 지난 주말에 설악산에 갔어요.
가 : 지난 주말에 어디에 갔어요?
나 : 저는 지난 주말에 온천에 갔어요.
가 : 지난 주말에 어디에 갔어요?
나 : 저는 지난 주말에 놀이동산에 갔어요.

P. 206
나 : 도서관/백화점에 갔어요.
가 : 시난 주말에 설악산에 갔어요?
나 : 아니요, 저는 설악산에 안 갔어요. 온천에 갔어요.
가 : 지난 주말에 바다에 갔어요?
나 : 아니요, 저는 바다에 안 갔어요. 산에 갔어요.
가 : 지난 주말에 부산에 갔어요?
나 : 아니요, 저는 부산에 안 갔어요. 제주도에 갔어요.

P. 207
나 : 저는 어제 영화관에서 영화를 보고 술을 마셨어요.
가 : 어제 무엇을 했어요?
나 : 저는 어제 집에서 텔레비전을 보고 청소했어요.
가 : 지난 주말에 무엇을 했어요?
나 : 저는 지난 주말에 명동에서 피자를 먹고
　　쇼핑을 했어요.
가 : 지난 주말에 무엇을 했어요?
나 : 저는 지난 주말에 이태원에서 술을 마시고
　　춤을 추었어요.

P. 208
나 : 영화/친구를 만났어요.
가 : 어제 도서관에서 책을 읽었어요?
나 : 아니요, 저는 책을 안 읽었어요. 인터넷을 했어요.
가 : 어제 집에서 피아노를 쳤어요?
나 : 아니요, 저는 피아노를 안 쳤어요. 기타를 쳤어요.
가 : 지난 주말에 등산을 했어요?
나 : 아니요, 저는 등산을 안 했어요. 골프를 쳤어요.

13과 문법·회화 연습

P. 217
볼까요?
마실까요?

P. 218
만납시다
마십시다

P. 219
시간이 있으면
시간이 없으면
수업이 끝나면

P. 220
나 : 점심을 먹읍시다.
가 : 오늘 저녁에 술을 마실까요?
나 : 네, 좋아요. 술을 마십시다.
가 : 이번 주말에 온천에 갈까요?
나 : 네, 좋아요. 온천에 갑시다.
가 : 내일 농구를 할까요?
나 : 네, 좋아요. 농구를 합시다.

P. 221
가 : 골프를 할까요? 수영을 할까요?
가 : 오늘 점심을 먹읍시다.
　　비빔밥을 먹을까요? 비빔국수를 먹을까요?
나 : 비빔국수를 먹읍시다.

가 : 금요일에 영화를 봅시다.
    007을 볼까요? 타이타닉을 볼까요?
나 : 타이타닉을 봅시다.
가 : 주말에 여행을 갑시다.
    스케이트를 탈까요? 스키를 탈까요?
나 : 스키를 탑시다.

P. 222
나 : 저는 수업이 끝나면 친구를 만나요.
가 : 친구를 만나면 뭐 해요?
나 : 저는 친구를 만나면 농구를 해요.
가 : 집에 가면 뭐 해요?
나 : 저는 집에 가면 텔레비전을 봐요.
가 : 인사동에 가면 뭐 해요?
나 : 저는 인사동에 가면 전통차를 마셔요.

P. 223
나 : 저는 집에 안 가요. 도서관에 가요.
가 : 아침에 일어나면 신문을 읽어요?
나 : 아니요, 저는 신문을 안 읽어요. 커피를 마셔요.
가 : 시간이 있으면 영화를 봐요?
나 : 아니요, 저는 영화를 안 봐요. 경복궁에 가요.
가 : 수업이 끝나면 숙제 해요?
나 : 아니요, 저는 숙제 안 해요. 명동에 가요.

14과 문법·회화 연습

P. 233
편지를 쓰세요
사진을 찍으세요
음악을 듣고 있어요
요리를 하고 있어요
와인을 마시고 있어요
춤을 추고 있어요
기타를 배우고 있어요
그림을 그리고 있어요

P. 234
가 : 점심을 드세요.
가 : 저는 기타를 배워요. 어머니도 기타를 배우세요.
가 : 동생은 방에 있어요. 아버지도 방에 계세요.
가 : 저는 책을 읽어요. 어머니도 신문을 읽으세요.

P. 235
나 : 저는 삼겹살
가 : 저녁에 텔레비전을 보세요?
나 : 네, 저는 텔레비전을 봐요.
가 : 주말에 설악산에 가세요?
나 : 네, 저는 설악산에 가요.
가 : 등산을 하세요?
나 : 아니요, 저는 등산을 안 해요. 수영을 해요.

P. 236
나 : 신문을 읽
가 : 지금 뭘 하고 있어요?
나 : 저는 지금 버스를 기다리고 있어요.
가 : 지금 뭘 하고 있어요?
나 : 저는 지금 골프를 치고 있어요.
가 : 지금 뭘 하고 있어요?
나 : 저는 지금 영화를 보고 있어요.

P. 237
나 : 그리고 있어요.
가 : 커피를 다 마셨어요?
나 : 아니요, 아직 마시고 있어요.
가 : 밥을 다 먹었어요?
나 : 아니요, 아직 먹고 있어요.
가 : 숙제 다 했어요?
나 : 아니요, 아직 하고 있어요.

P. 238
나 : 중국어를 배우고
가 : 요즘 뭐 해요?
나 : 저는 요즘 태권도를 배우고 있어요.
가 : 요즘 뭐 해요?
나 : 저는 요즘 피아노를 가르치고 있어요.
가 : 요즘 뭐 해요?

나 : 저는 요즘 영어를 가르치고 있어요.

15과 문법·회화 연습

P. 248
오세요
영화를 보세요
타세요

P. 249
담배를 피우지 마세요
김치를 먹지 마세요
자지 마세요/주무시지 마세요

P. 250
6000번 버스로 갈아타다
시청역에서 버스로 갈아타다
신촌에서 버스로 갈아타다
강남역에서 지하철로 갈아타다

P. 251
나 : 시청역에서 2호선으로 갈아타세요.
가 : 실례지만, 인사동에 어떻게 가요?
나 : 3호선 안국역에서 내리세요.
가 : 네, 알겠습니다. 감사합니다.
가 : 실례지만, 인천 공항에 어떻게 가요?
나 : 한국대학교 앞에서 공항버스를 타세요.
가 : 네, 알겠습니다. 감사합니다.
가 : 실례지만, 이태원에 어떻게 가요?
나 : 3호선 약수역에서 6호선으로 갈아타세요.
가 : 네, 알겠습니다. 감사합니다.

P. 252
가 : 실례합니다.
　　경복궁에서 롯데월드까지 어떻게 가요?
나 : 경복궁역에서 3호선을 타세요.
　　그리고 을지로 3가역에서 2호선으로 갈아타세요.
　　그리고 롯데월드역에서 내리세요.

가 : 고맙습니다.
가 : 서울대공원(역)에서 안국(역)까지 어떻게 가요?
나 : 서울대공원역에서 4호선을 타세요.
　　그리고 충무로역에서 3호선으로 갈아타세요.
　　그리고 안국역에서 내리세요.
가 : 고맙습니다.

P. 253
가 : 교실에서 영어를 하지 마세요.
가 : 어! 영화관에서 전화를 하지 마세요.
나 : 아이고, 죄송합니다.
가 : 어! 박물관에서 사진을 찍지 마세요.
나 : 아이고, 죄송합니다.
가 : 어! 공원에서 잔디밭에 들어가지 마세요.
나 : 아이고, 죄송합니다.

ㅈ

● 발음 법칙 發音規則

國家圖書館出版品預行編目

跟李準基一起學習"你好！韓國語" ① / 朴智英, 劉素瑛
編著；任明杰・鄺紹賢 譯 . -- 初版 . -- 臺北市：大田，
2017.02
面；　公分 . --（Restart；8）
ISBN: 978-986-179-475-4（平裝）

1. 韓語　2. 讀本

803.28　　　　　　　　　　　　　　　105023220

填寫回函雙層贈禮 ❤
①立即購書優惠券
②抽獎小禮物

Restart 008

跟李準基一起學習"你好！韓國語" ①

朴智英・劉素瑛◎編著　任明杰・鄺紹賢◎譯
特別錄音協助◎李準基(演員)

出版者：大田出版有限公司
台北市10445中山北路二段26巷2號2樓
E-mail：titan3@ms22.hinet.net　http：//www.titan3.com.tw
編輯部專線：（02）25621383　傳真：（02）25818761
【如果您對本書或本出版公司有任何意見，歡迎來電】

總編輯：莊培園
副總編輯：蔡鳳儀　編輯：陳映璇
行銷企劃：高芸珮　行銷編輯：翁于庭
初版：2017年2月1日　定價：450元
四刷：2018年9月15日

總經銷：知己圖書股份有限公司
台北公司：106台北市大安區辛亥路一段30號9樓
TEL：02-23672044／23672047　FAX：02-23635741
台中公司：407台中市西屯區工業30路1號1樓
TEL：04-23595819　FAX：04-23595493
E-mail：service@morningstar.com.tw
網路書店：http://www.morningstar.com.tw
讀者專線：04-23595819 # 230
郵政劃撥：15060393（知己圖書股份有限公司）
印刷：上好印刷股份有限公司

國際書碼：978-986-179-475-4　CIP：803.28/105023220